Série Vaga-Lume

A CHARADA DO SOL E DA CHUVA

Luiz Galdino

Ilustrações
César Lobo

editora ática

Este livro apresenta o mesmo texto das edições anteriores.

A charada do sol e da chuva

Editor	Fernando Paixão
Editora assistente	Carmen Lucia Campos
Assessora editorial	Rosemary Pereira de Lima
Coordenadora de revisão	Ivany Picasso Batista
Revisora	Cátia de Almeida
ARTE	
Editor	Marcello Araujo
Editoração eletrônica	No Problem

CIP-BRASIL. CATALOGAÇÃO NA FONTE
SINDICATO NACIONAL DOS EDITORES DE LIVROS, RJ

G149c
2.ed.

Galdino, Luiz, 1940-
A charada do sol e da chuva / Luiz Galdino ; ilustrações César Lobo. - 2.ed. - São Paulo : Ática, 1999.
152p. : il. - (Vaga-Lume)

Contém suplemento de leitura
ISBN 978-85-08-06102-0

1. Novela infantojuvenil brasileira. I. Lobo, César. II. Título. III. Série.

10-4481. CDD: 028.5
CDU: 087.5

ISBN 978 85 08 06102-0 (aluno)

CL: 730417
CAE: 228500

2025
2ª edição
22ª impressão
Impressão e acabamento: Forma Certa Gráfica Digital
Código da OP: 286554

Avenida das Nações Unidas, 7221
Pinheiros – São Paulo – SP – CEP 05425-902
Atendimento ao cliente: (0xx11) 4003-3061
atendimento@aticascipione.com.br
www.aticascipione.com.br

Uma charada, um tesouro e muita emoção!

Mal chegam a Parati, Rita e seus amigos ficam sabendo que há um tesouro escondido em algum ponto da cidade. Para encontrá-lo, será necessário decifrar uma charada.

Os quatro ficam animadíssimos e começam a busca, procurando seguir as indicações dadas por um... fantasma! Isso mesmo, um fantasma muito sentimental.

Depois de enfrentar muitos perigos e levar vários sustos, a turma consegue resolver a parada.

Como? Isso você vai descobrir mergulhando nesta história cheia de personagens enigmáticas, lugares misteriosos e revelações do outro mundo.

Conhecendo Luiz Galdino

Luiz Galdino nasceu em Caçapava, cidade do interior de São Paulo. Era frequentador tão assíduo da biblioteca de sua cidade que, em 1956, aos 16 anos, tornou-se bibliotecário.

Em 1979 teve seu primeiro trabalho publicado, ao vencer um concurso de contos. A partir de então, são vários os prêmios acumulados pelo autor, tanto na literatura juvenil como na adulta.

Além de escrever, Galdino viajou pelo país durante três anos, pesquisando a arte indígena pré-histórica. Formou-se em Comunicação Social, já morou em diversos estados do Brasil e hoje vive em São Paulo. Durante muito tempo trabalhou em publicidade, mas atualmente dedica-se em período integral à literatura.

Sumário

1 Destino: Parati

A cada curva da estrada, o motorista procurava à esquerda e à direita, como se quisesse localizar algo digno de nota, mas o esforço resultava inútil. Desde que o trecho de serras ficara para trás, com seus restos de Mata Atlântica, a paisagem se repetia de forma monótona, quilômetro após quilômetro.

À direita da pista, o terreno se esticava comprido e regular, numa espécie de tapete verde, de onde brotavam delicados lírios-brancos. À esquerda, o relevo exibia um traçado irregular, subindo aqui, descendo ali. Impressionante como os boizinhos conseguiam se equilibrar naquela altura em vez de despencar morro abaixo, como seria natural.

O homem ao volante examinou a silhueta da mulher, no banco ao lado. Ela só se interessava pela paisagem de lírios. Ele lançou uma olhada rápida para o banco traseiro, onde quatro jovens se espremiam, e falou, tentando botar entusiasmo na voz:

— Que desânimo é esse, moçada? Só mais uns minutinhos e teremos Parati aos nossos pés!

O motorista aguardou inutilmente algum comentário. Prensados uns contra os outros, numa viagem de mais de trezentos quilômetros entre São Paulo e o estado do Rio, com temperatura acima dos trinta graus, os jovens franziam o rosto a cada solavanco, sentindo o corpo cansado.

Diante do silêncio, a mulher se viu talvez na obrigação de dizer algo. Comentou então, querendo se mostrar simpática:

— Parati aos nossos pés acho um pouco de exagero. Eu me contentaria com uma visão da cidade.

No banco traseiro, garotos e garotas se remexeram incomodados, e a menor reclamou, enfática:

— Eu queria mesmo é chegar logo! O Cacá tá me esmagando!

— Rita, a viagem não foi tão cansativa assim — retrucou a mulher, tentando contemporizar.

— Não foi pra senhora, que veio bela e folgada no banco da frente! Venha sentar aqui atrás pra ver o que é bom!

O pai localizou a resmungona pelo retrovisor e acabou com o pingue-pongue:

— Que coisa feia! Vocês convidam o Pedro e o Cacá pra vir junto e ficam o tempo todo reclamando do aperto?! O que eles não vão pensar?

— Se forem honestos, vão concordar que isso aqui tá uma verdadeira lata de sardinhas!

Milena apoiou a irmã:

— Acho ótimo que o Pedro e o Cacá tenham vindo com a gente, mas não dá pra fingir que estamos no maior conforto. Não dá mesmo!

— Não se preocupe, papai. Não vamos deixar nossos amigos no acostamento — retomou Rita, com um riso maroto.

— Obrigado, Rita — retribuiu Cacá. — Eu tava ficando preocupado. Você não tava, não, Pedro?

O companheiro mais velho usava óculos, que contribuíam para reforçar seu jeito sério. Após uma breve hesitação, ele acabou falando:

— Eu estou preocupado é com a pousada. Só falta não ter vaga... Já pensou?

A garotinha retrucou no ato:

— Eu mato um! Vocês tiveram mais de uma semana e se decidiram praticamente na véspera da viagem!

A mãe virou para trás e censurou:

— Rita, isso não é coisa que se diga aos seus amigos!

— Não se preocupe, não, dona Clarice — interveio Cacá. — Elas nos tratam assim porque eu e o Pedro somos os melhores amigos delas.

— Imagine se não fossem...

De fato, só podia se atribuir aquela ameaça de discussão à natural indisposição provocada pela viagem num horário de muito sol e trânsito. Pedro e Cacá, que eram primos, haviam nascido e se criado no mesmo bairro

que as irmãs Milena e Rita, além de frequentarem o mesmo colégio. Assim, podiam dizer que eram, com toda certeza, amigos de infância.

Após a repreensão, os jovens haviam se calado. Mantinham-se um tanto apáticos quando ouviram o homem falar:

— Crianças, vejam o que vocês estão perdendo...

Os jovens dirigiram a atenção para o lado que o motorista indicava. À direita, o tapete verde bordado de lírios-brancos continuava a segui-los. Ao fundo, porém, como numa aquarela, uma igrejinha toda branca mirava-se nas águas ensolaradas do mar calmo.

2 *Mistério*

Após um cumprimento informal, a dona da pousada convidou os hóspedes a entrarem. Na recepção, diante do balcão, colocou os óculos e se pôs a correr o dedo sobre uma lista de nomes, num grande livro negro de capa dura. Enquanto isso, falava consigo mesma:

— Luís Otávio... Luís Otávio... Ah, encontrei. Luís Otávio Trevisan... É esse?

O chefe de família ensaiou um sorriso. A esposa, bem mais prática, foi logo perguntando:

— Está tudo certo, dona Eugênia? Podemos ir para o nosso apartamento?

A mulher demorou-se um tanto examinando o

grupo. Os jovens deviam ter aproximadamente a mesma idade. Pedro e Milena teriam doze anos, talvez treze. Cacá e Rita, um ano menos ou dois. Além das idades próximas, os quatro mostravam-se quase uniformizados. Vestiam bermudas de brim, camiseta e tênis.

— E então, dona Eugênia?

Ela ignorou e, voltando-se para o interior da casa, gritou:

— Isaura! Ô, Isaura!

Como num passe de mágica, materializou-se diante dela uma senhora morena, de cabelos grisalhos e jeito bonachão. As vestimentas reduziam-se a um vestido surrado, pano branco amarrado na cabeça e chinelos de borracha. Assim que ela se apresentou, a patroa ordenou, apontando o corredor:

— Isaura, leve os hóspedes para os apartamentos. O casal e as meninas ficam no quinze, que é duplo. Os garotos você põe no trinta e três.

— No trinta e três? — perguntou a serviçal, olhando fixamente para a proprietária.

— Que eu saiba é o único vago. Ou você tem solução melhor?

Não havendo contraordens, a empregada pegou as pesadas chaves no mostruário da parede e saiu em direção ao corredor, resmungando algo ininteligível. Entregou o apartamento mencionado à família e seguiu até o final do corredor, onde abriu a última porta. Após um exame rápido, escancarou as janelas deixando entrar a claridade, bateu a mão nas roupas de cama e saiu, recomendando:

— Se precisarem de alguma coisa, é só chamar.

Pedro trancou a porta e, como Cacá se atirasse sobre a cama, perguntou:

— Você não vai desfazer a mala, não?

— Daqui a pouco — respondeu o outro, com desinteresse. — Primeiro, vou me esticar um pouquinho.

— Você vai acabar dormindo.

— E daí? Não tenho nenhum compromisso pra hoje!

— Tudo bem, vou tomar um banho.

Pedro tirou as roupas, pegou a toalha nos pés da cama e, vestindo apenas cueca, encaminhou-se para o banheiro.

Assim que abriu a torneira, a ducha jorrou com força insuspeitada. Após o primeiro susto, o garoto disse a si próprio que era justamente daquilo de que estava precisando para recuperar-se do cansaço da viagem. Demorou-se tanto debaixo da água, que chegou a ficar com dor nas costas. Ao fechar o registro, ouviu uma voz rouca cantando:

... sea, sea, sea
in the bottom of the sea.
... sea, sea, sea
in the bottom of the sea.

Pedro começou a se enxugar e, na terceira ou quarta vez que ouviu o refrão, perguntou:

— Cacá... Quem é que tá cantando?

Diante da pergunta, a voz emudeceu. Em lugar da resposta o garoto ouviu um ruído ritmado seguido de uma pausa, como se alguém caminhasse no quarto e parasse diante da porta do corredor.

— Cacá... Quem tá aí com você?

De novo, ficou sem resposta. Ouviu apenas um ruído, como se a porta abrisse, e as passadas lá fora, em direção à portaria da pousada.

— Cacá, você tá aí? — perguntou pela porta entreaberta.

O que teria acontecido com o amigo? Teria deixado o quarto? E o estranho personagem, quem seria? Enquanto terminava de se enxugar, ocorreu-lhe que poderia ser uma brincadeira. O primo era especialista em aprontações desse tipo.

— Ele deve estar me preparando alguma.

Já vestido e antecipando a surpresa, penteou-se e invadiu o dormitório para ver o que o outro lhe preparava. E aí a surpresa cresceu. Não havia nenhuma brincadeira armada, e Cacá dormia numa inocência de anjo. A porta, no entanto, se achava escancarada.

— Coisa mais esquisita!

Pedro examinou o corredor devagar, mas não viu ninguém. Fechou, então, a porta e caminhou até bem perto do primo, para ver se ele não fingia. Viu e acabou com as dúvidas: o garoto dormia como um bebê.

3 *Notícia incômoda*

A Pousada do Lilás não era exatamente o lugar para quem procurava luxo. Todavia, conforto não faltava, além de oferecer higiene e refeições divinas, preparadas pelas mãos experientes da incansável Isaura. Assim, não era de estranhar que, após a ducha e o jantar irrepreensível, os jovens se mostrassem dispostos a sair para a rua.

Na recepção, encontraram os pais das garotas.

— Ué, vocês não estavam mortos de cansaço? — perguntou dona Clarice, disfarçando um sorriso que teimava em surgir no canto dos lábios.

— Ah, depois do banho, fiquei nova! — replicou Milena. — Não vejo a hora de amanhecer o dia pra ir à praia!

— E eu voltei ao normal depois do jantar — explicou Rita, toda contente. — Acho que meu mal era fome.

— E vocês, hein? Pedro, Cacá... Também descansaram? — quis saber seu Luís Otávio.

Acertando a posição dos óculos sobre o nariz, um cacoete que repetia a todo instante, Pedro se antecipou:

— Ah, seu Tatá, não existe cansaço que resista a uma ducha fria! Além do mais, a gente está em Parati. O que mais podemos querer?

— Concordo e assino embaixo — aprovou Cacá. — Amanhã quero ser o primeiro a chegar na praia.

— E aonde é que vocês vão agora? — tornou dona Clarice.

— Vamos ao Arrastão, um barzinho que a Isaura indicou... — revelou Milena.

— Então bom passeio... Mas não voltem tarde, hein?!

O Arrastão era um barzinho com jeito adulto, onde se tocava música popular brasileira. De qualquer modo, a indicação fora providencial porque nas lanchonetes e lugares habituais de público jovem seria impossível conseguir uma vaga.

Sentaram-se numa mesa de canto e pediram sorvetes. Quando o garçom virou as costas, passaram a examinar a sugestiva decoração. Junto à parede do fundo, um velho barco levantava a proa, querendo se soltar da areia. Redes de pesca se esticavam sobre um tronco corroído, deixando ver uma espinha de tubarão. Semienterrada na praia artificial, uma antiga arca com a tampa aberta derramava falsos brilhantes.

— Será que aqueles diamantes são de verdade? — disse Cacá, com os olhos faiscando de cobiça.

— Se fossem de verdade, você acha que ainda estariam lá? — censurou Rita.

O garoto não teve tempo de retrucar. Quando se preparava para o revide, o garçom, que se aproximava com a bandeja e ouvira parte do comentário, se intrometeu:

— Naquela canastra só tem badulaque, mas o que não falta por aqui é ouro escondido... Podem crer...

Cacá ficou vermelho como um tomate maduro. Constrangido, não sabia se atacava a amiga que desvirtuara seu comentário ou se escondia a cabeça debaixo da mesa.

— Não duvido nada — concordou Milena. — Sei que muitos piratas andaram por aqui, no passado. E muitos navios afundaram com riquezas a bordo...

Etevaldo, o garçom, percebeu o interesse dos jovens e, enquanto servia os sorvetes, falou, apontando para a mesa ao lado:

— O professor Quintino e o doutor Tomaso têm uma lista completa dos naufrágios e dos tesouros escondidos... Mas o seu Evangelista também sabe, não sabe? Seu Evangelista é o zelador da matriz velha, que tá fechada...

O senhor da mesa ao lado devia ter entre cinquenta e sessenta anos de idade e vestia-se de modo incomum para o clima do litoral. Enquanto Milena reparava na camisa de manga comprida fechada até o último botão do colarinho, ele falou, quase rindo:

— Esses dois que o Etê citou são entendidos no assunto. Eu sei apenas o que ouço por aí.

— E esses tesouros que o senhor ouviu falar, onde é que estão? — interessou-se Rita.

— Ah, se a gente for acreditar em tudo que dizem, deve ter ouro até debaixo deste chão — comentou o homem. Batendo com a sola do sapato no assoalho de ripas largas, ele continuou: — Mas os mais falados são o da Trindade, da Pedra Azul, da Casa do Grito e da Pousada do Lilás.

— Pousada do Lilás? — repetiu Pedro, muito interessado.

— Ah, agora me lembro. Ouvi falar qualquer coisa quando estivemos aqui, no ano passado — interveio Milena. — Parece que tem um fantasma no meio...

— Exato — confirmou o homem. E acrescentou: — Dizem que ele aparece com a intenção de revelar a localização do tesouro. Como ninguém tem coragem pra conversar com ele, sua alma continua penando, e o tesouro permanece oculto.

Rita, que estava prestando atenção, retrucou no ato:

— Eu não tenho medo. Se o fantasma quisesse falar comigo, eu conversava com ele. E depois ia pegar o tesouro.

— Ora, Rita... Fantasmas não existem — observou Cacá, desgostoso com o rumo da conversa.

— Ah, não? Se eu fosse você, não falava tão alto, não — preveniu o garçom, rindo com malícia.

Impressionado com as palavras de Etevaldo, Cacá olhou disfarçadamente a mesa ao lado para ver se seu Evangelista concordava com as palavras do garçom. A cara dele, porém, era uma verdadeira incógnita, muito diferente do rosto do garoto, cujas feições mostravam claramente que ele seria capaz de qualquer coisa, menos de conversar com o fantasma. Percebendo o jeito do garoto, as irmãs riram muito, o que o deixou ainda mais encabulado.

Enquanto assistia à cena, o homem da mesa ao lado tomou um gole de cerveja e, ao final, indagou:

— O garoto maior... É Pedro, não? Parece que se interessou quando falei na Pousada do Lilás...

— É que estamos hospedados lá — revelou Milena. — Aliás, foi dona Isaura quem nos indicou o Arrastão.

O homem lançou uma olhadela rápida na direção do garçom. Mas, como permanecesse em silêncio, Milena completou:

— Nós chegamos de tarde e tivemos a sorte de pegar o último apartamento...

— O último não, o penúltimo! — corrigiu Etevaldo. E juntou a explicação: — O último dona Eugênia não aluga pra ninguém. É o apartamento do fantasma.

— Apartamento do fantasma? — repetiu Pedro, sobressaltado. Em seguida, quis saber: — Diga uma coisa... O apartamento do fantasma é o que fica por último ou tem um número certo?

Etevaldo não deixou margem para dúvidas:

— É o número trinta e três.

Quando o grupo deixou o bar, o relógio da matriz bateu dez vezes. Os jovens, porém, não tinham pressa. Estavam excitados com a história do fantasma e, principalmente, com a arca cheia de diamantes. O único que destoava era Pedro. Milena percebeu e provocou:

— Pedro, não me diga que você ficou impressionado com a história do Etê... O apartamento trinta e três é igualzinho aos outros, pode crer.

O garoto encarou os amigos e retrucou, sério:

— Eu não tenho tanta certeza. Quanto mais eu penso no que aconteceu nessa tarde, mais confuso eu fico.

— E o que aconteceu nessa tarde? Do que você tá falando? — intimou Milena.

Pedro parou na ponta da calçada e os demais fizeram a mesma coisa. Com ar preocupado, ele começou:

— Eu... Eu pensei em contar antes, mas achei que era bobagem... que estava impressionado à toa...

— O que aconteceu? Fala logo! — pressionou Rita.

O amigo relatou o estranho acontecimento da tarde, ocorrido no apartamento, sem ocultar um único detalhe. Ao final, estavam todos de boca aberta. E no rosto de cada um percebia-se um misto de dúvida e espanto.

— Eu prometi a mim mesmo que não daria importância ao fato, mas depois do que o Etevaldo falou lá no bar... A coincidência do número trinta e três... Sinceramente, não sei o que pensar...

— É, eu também ficaria com a pulga atrás da orelha — concordou Milena, examinando o amigo.

— E você, Cacá... Não ouviu nada?

— Nada, Rita. Posso garantir a vocês que não sei cantar nenhuma música em inglês. Só um pedacinho do *Satisfaction* dos Stones.

4 *Um fantasma de verdade*

Quando ouviu batidas na porta, Cacá afastou-se correndo como que evitando alguma coisa terrível. Pedro abriu, as garotas entraram, cumprimentando os dois, ao mesmo tempo que examinavam o aposento com muita curiosidade. Tudo que viam era um apartamento acanhado. As duas camas de solteiro dispunham-se paralelamente, com as cabeceiras encostadas na parede do fundo. À esquerda, uma segunda parede separava o quarto do banheiro e servia de suporte para o roupeiro. À direita, duas janelas permitiam que o sol iluminasse a cadeira de balanço, a mesinha com a televisão e o frigobar.

Pedro observava Milena, que caminhava de um lado para o outro, irrequieta. Era uma garota morena de cabelos longos e olhos negros. Sobre a pele macia, a bermuda e a camiseta compunham um conjunto perfeito. Sentindo-se observada, ela indagou:

— Pelo jeito, vocês não tiveram nenhuma novidade à noite, tiveram?

O amigo entendeu o que ela queria dizer e balançou a cabeça em sinal negativo. Rita, porém, tomou-lhe a frente:

— Se eu fosse você, Pedro, não iria me preocupar. Ele deve ser um fantasma bonzinho... Acho até que a dona Eugênia tá perdendo dinheiro...

Como todos os olhares se voltassem na sua direção, a garota tratou de se explicar:

— Li num folheto de viagem que na Inglaterra os castelos que têm fantasmas atraem mais público e são mais caros.

— Você tá dizendo que as pessoas pagam pra ver fantasmas? — reagiu Cacá, como se ouvisse o maior absurdo.

— Pagam.

— Ainda bem que o nosso já vem incluído na diária — suspirou o amigo. — Era só o que faltava, pagar para ver um fantasma!

Enquanto discutiam, Milena sentou-se na cadeira de balanço e, ao mesmo tempo que dava impulso, começou a cantar:

... sea, sea, sea
in the bottom of the sea.
... sea, sea, sea
in the bottom of the sea.

Ao contrário da garota, que se divertia muito, Pedro ficou espantado. De olhos arregalados, perguntou:

— Milena, onde... onde... onde você aprendeu essa música?

— Música? Que música? Eu só juntei umas palavras... Você disse que a música do fantasma falava sobre o fundo do mar...

— Você não juntou palavras, Milena, você cantou igualzinho ao fantasma. Sem tirar nem pôr! Você tem certeza que nunca ouviu essa música antes?

— Absoluta! Nem sei se o inglês tá certo.

Enquanto falava, Milena pulou fora da cadeira. Pela primeira vez, sentia-se tocada pela trama que enredara o amigo. Por mais que tentasse pensar naquilo como algo natural, não conseguia. A estranha melodia surgira na sua cabeça e saíra pela boca sem que ela pudesse explicar como. E então aconteceu o pior, como se isso fosse possível.

Os jovens mantinham ainda os olhos presos na cadeira de balanço, quando ouviram novamente o conhecido refrão vindo do banheiro, na voz do primeiro cantor. Um olhava para o outro, mas as bocas se mantinham fechadas. Até que Pedro criou coragem e venceu a insegurança:

— Quem... quem está aí? — perguntou com voz trêmula.

— Eu — respondeu a voz.

— Eu quem? — tornou o garoto com voz hesitante, fazendo menção de entrar no banheiro.

— Manuel Maria de Seixas... Marinheiro de Portugal nestas terras do Brasil.

Os amigos mantinham a respiração presa, sem querer acreditar que tinham ouvido algo ou alguém, quando Cacá desabafou:

— Que alívio! Pensei que fosse o fantasma!

5 *Um diálogo do outro mundo*

O comentário do amigo, tão absurdo quanto inesperado, contribuiu para diminuir o nervosismo dos jovens. Pedro, Rita e Milena se esqueceram por um instante que estavam diante do fantasma e explodiram numa tremenda gargalhada. A atitude dos companheiros deixou o colega muito irritado.

— O que foi, hein? Ficaram bobos? Quem tá aí dentro é o... o... o... Como é mesmo o nome dele?

Enquanto tentava se explicar, empurrou a porta do banheiro, que se achava encostada, e entrou. Voltou-se para os companheiros um tanto decepcionado e comunicou:

— Não tem ninguém aqui...

Apesar do receio geral, os três atravessaram quase ao mesmo tempo a estreita porta e se puseram a procurar. Pedro e Milena pareciam dar graças por não verem nada. Rita, no entanto, andava com desenvoltura, examinando cada canto do cômodo.

— Eu não disse? Não tem ninguém. Nem fantasma nem nada.

— Cuidado, Cacá, ele pode não gostar de ser chamado de fantasma — preveniu Rita.

O garoto levou a mão à boca e afastou-se receoso. Milena e Pedro já se dispunham a voltar para o quarto quando Rita segurou a irmã pelo braço.

— Milena, olha! Ele tá lá em cima, no canto da cortina.

— Você tá falando do... do...

— É! Dele mesmo! Olha lá, Pedro...

— Eu... Não tô vendo nada.

— Será possível que tá todo mundo precisando de óculos?

Cansada da discussão inútil com os companheiros, Rita voltou-se para a janela e gritou:

— Você aí... Por que só eu vejo e eles não, hein? Tá querendo me desmoralizar, tá? Quer me fazer passar por mentirosa?

Confusos, Pedro e Milena examinavam as duas pontas da cortina, sem enxergar absolutamente nada. Um olhava para o outro, em seguida olhavam para a garotinha e ficavam sem saber o que dizer. Enquanto isso, Rita provocava:

— Também o que a gente podia esperar de um fantasma português? Com tanto fantasma inglês dando sopa, tinha de me aparecer justo um lusitano?

— Não posso aparecer para todos porque seria cansativo demais para meu estado. Assim, escolhi você como intermediária. Seus amigos são muito críticos... Apaguem a luz, por favor...

Não havia dúvida de que era a voz do fantasma. Pelo menos lembrava a voz que cantava a canção do mar. A diferença é que ela parecia triste.

— Tudo bem — acatou Rita e ordenou: — Apaguem a luz.

Cacá acionou o interruptor e ao mesmo tempo desceu o degrau da porta, entre o quarto e o banheiro, tentando colocar-se fora da visão do fantasma. Porém, assim que ele desceu, também a luz do quarto apagou. O garoto voltou para o banheiro num salto e tratou de se esconder atrás de Pedro, que tinha as costas mais largas.

— O que vocês querem de mim? Chuif...

— Essa é muito boa! — retrucou Rita. — Você vem assombrar o Pedro, se intromete na nossa conversa e, depois, pergunta o que é que nós queremos?

O fantasma emitiu um ruído, como se chupasse o nariz. A garotinha virou o rosto, em sinal de nojo. Por fim, ele conseguiu falar:

— Nem sei o que dizer... Vivo nessa situação há tanto tempo... Para ser preciso, há quase cem anos... Aí, vem uma menininha preconceituosa e me menospreza só porque não sou inglês...

— Que coisa, gente! É um fantasma sensível!

Antes que a irmã prosseguisse, Milena pediu:

— Tenha cuidado, Rita. Pode ser perigoso... A gente nunca falou com nenhum fantasma antes... Seja mais educada...

— Tá bem! — concordou ela, e virando-se para a cortina: — Olha aqui, seu... seu... seu Manuel Maria..., o senhor ainda não disse a que veio...

— Ah, não sei se devo. Já faz tanto tempo que repito as mesmas palavras e ninguém toma providência... Ai, Jesus...

— É sobre o tesouro? Você quer nos revelar onde tá escondido, é isso?

Após uma pausa breve, ouviram a voz inconfundível:

— Tesouro... Ah, pois, pois... Acontece que não é tão simples assim... Se pudesse revelar o local, seria muito fácil, não haveria mérito nenhum... Para descobrir onde está escondida a canastra, vocês precisam decifrar uma charada...

— Pois então diga logo qual é a charada?

— Quem quiser encontrar a canastra, terá que descobrir primeiro a casa... a casa onde o caminho do sol se encontra com o caminho da chuva.

— Onde o caminho do sol se encontra com o caminho da chuva — repetiu Rita. — É só isso que você pode nos dizer?

Como o silêncio se prolongasse, Pedro não resistiu:

— Rita, cadê o fantasma? Ele não vai dizer mais nada?

— Acho que não. Ele se mandou.

6 Primeira lição

Os jovens passaram a manhã tentando falar com o professor. Quando já começavam a desanimar, o telefone atendeu e o professor aceitou recebê-los à tarde, em sua casa. Solucionada a questão, foram passear pela cidade e fotografar os belos casarões coloniais.

Após o almoço, os garotos se reuniram às irmãs na recepção. Milena mostrava-se ansiosa:

— E aí, vamos pra lição? O professor está esperando...

Pedro fez um gesto evasivo. Em seguida, considerou:

— Olha, Milena, pra ser sincero, nem sei se aquele diálogo maluco realmente aconteceu... Ainda não consigo acreditar que falamos com um fantasma. Minha cabeça está a mil...

— Ah, quer dizer então que nós quatro fomos enganados pela mesma ilusão... é isso o que você tá querendo dizer? — devolveu Milena.

— Acho que o Pedro tá certo. Será que não é melhor esquecer o fantasma? — sugeriu Cacá, deixando transparecer o medo que sentia.

Pedro manteve a boca fechada. Rita lembrou-lhes que o professor os esperava e que não deviam se atrasar; ficaria muito chato. Os demais expressaram sua concordância pondo-se a caminho. Apenas quatro quadras separavam a pousada do sobrado do professor, de maneira que gastaram pouco tempo para vencer a distância.

Diante da alta porta pintada de azul, procuraram por uma campainha que não existia. Rita pegou uma peça de ferro que havia visto pregada em outras portas e disse:

— Deve ser com essa coisa que a gente bate...

— Bate devagar — pediu a irmã.

Rita bateu e em pouco tempo a porta se abriu, surgindo diante deles um homem de aspecto frágil.

— Olá, como vão? Pensei que fossem maiorzinhos. Podem subir — disse ele, mostrando a escadaria de madeira.

Durante a subida, Milena agradeceu em nome do grupo:

— Obrigado por nos receber, professor. Sabemos que é uma pessoa ocupada demais, para perder o seu tempo com crianças...

— Ocupado, eu? Na minha idade, a gente está sempre disponível, os outros é que não querem dispor de nós — retrucou ele, rindo. — Além do mais, aqui vem muita criança, principalmente estudantes interessados em conhecer o meu trabalho...

Ao entrar no salão superior, os garotos ficaram boquiabertos. Com exceção das paredes da frente e do fundo, onde ficavam as janelas, as demais mostravam-se literalmente forradas de prateleiras que iam do assoalho ao teto. Não havia um único espaço vazio; tudo estava tomado por vasos, figuras, objetos, esculturas, um verdadeiro caleidoscópio de peças em madeira, pedra e cerâmica, de origem indígena, africana e colonial.

O centro da sala era ocupado por uma mesa muito grande, onde o professor restaurava peças quebradas. Como Cacá experimentasse, com a mão, a textura de um vaso, o homem acompanhou com interesse seu gesto, sem deixar escapar, porém, nenhum sinal de censura.

— Professor Quintino, o senhor possui um verdadeiro museu! — comentou Pedro, com entusiasmo.

— É muita gentileza sua chamar de museu esse amontoado de peças. Aí está reunido, sem muito critério, tudo que venho coletando nesses anos...

— Nossa! Quanto caco! — espantou-se Cacá, olhando o conteúdo dos caixotes debaixo da mesa.

— Cacá... — Milena começou a censurá-lo, mas o professor interrompeu-a com brandura:

— Ele não deixa de ter razão... Cacos são cacos, embora se possa contar a história de uma cidade através deles... Suponho, porém, que vocês não vieram até aqui por causa dos cacos...

O professor encarou Pedro, depois Milena. Enquanto Pedro manteve sua atitude passiva, a garota usou de franqueza:

— Bem... Na verdade, ficamos interessados numa história que o Etevaldo e o seu Evangelista contaram lá no Arrastão. Eles disseram que o senhor sabe tudo sobre os navios que naufragaram na baía...

— Humm... Vocês não me parecem caçadores de tesouros... São muito crianças para isso...

— Nosso interesse é outro, professor — retrucou Milena, levemente ruborizada. — Eu e o Pedro gostamos muito de história.

— Que bom! A maioria das pessoas que me procuram deseja informações sobre os tesouros... o da Trindade, o da Pedra Azul, o da pousada... O Etevaldo deve ter falado sobre o fantasma...

Milena, que dirigia a conversa, trocou uma olhada rápida com Pedro, que se manteve impassível. Rita, porém, confirmou:

— O Etê falou, sim.

— O Etevaldo e outras pessoas na cidade vivem sonhando com o tesouro do fantasma. Coitados, deviam saber que o carcamano já passou a mão.

— O carcamano? Quem é ele? — interrogou Rita, fazendo careta.

— É um italiano, que se diz doutor... Veio para cá atraído por essas histórias e comprou a casa lá no pé do morro para ficar com o tesouro. Talvez seja o tesouro do fantasma.

— Então o carcamano matou a charada!

Os três se viraram ao mesmo tempo para Cacá. Queriam fritá-lo com os olhos e o pensamento.

— O que foi, hein? Se ele descobriu o tesouro, deve ter matado a charada. Qual é o problema?

— O problema é que nós não estamos interessados em tesouros! — repreendeu Milena, estourando de raiva.

A emenda soou tão mal que o constrangimento só aumentou. Sentindo o clima ruim, o professor retomou, rindo:

— Embora vocês não se preocupem com o tesouro, o jovem tem toda a razão. Se o italiano não tivesse decifrado a charada, não poderia saber que naquela casa o caminho do sol se encontra com o caminho da chuva.

— Que casa é essa, professor? Onde ela fica? — perguntou Milena, demonstrando um interesse que negara instantes atrás.

— Venham até aqui...

O dono da casa chamou-os para junto da janela, que dava para o quintal, e, apontando na direção da serra, revelou:

— Vocês veem aquela casa grande lá, no pé do morro?... É aquela. O túnel debaixo da casa foi praticamente destruído.

— O senhor quer dizer que debaixo da casa tinha túnel e que o próprio italiano destruiu? — quis saber Pedro.

— Destruiu um patrimônio cultural só pra passar a mão no ouro! A essa altura, o tesouro do fantasma já deve estar na Itália. Ou, quem sabe, na Suíça.

Como os jovens permanecessem em silêncio, o professor continuou:

— E se quiserem saber, há outros mistérios... Há poucos meses, peças valiosíssimas de arte sacra foram roubadas em igrejas de Parati e região, inclusive da matriz velha... Acho que só alguém que tenha contatos em grandes cidades e principalmente no exterior poderia tirar as peças e comercializá-las...

— O senhor não acha que pode ter sido gente de fora? — indagou Milena.

— Pode. Mas também pode ser gente daqui.

Permaneceram ainda algum tempo na janela, observando a casa ao longe. Quando o professor voltou para o sofá, os visitantes o seguiram. A observação a distância não acrescentava nada ao que já sabiam. Por outro lado, uma novidade muito próxima, bem ali no quintal, despertara a atenção de Rita.

— Professor, reparei numa área coberta com lona aí embaixo... O que é aquilo: uma horta?

— Não é horta, não, Rita. Infelizmente, me falta tempo para esse tipo de coisa — explicou o homenzinho, rindo, de forma condescendente. — Aquela lona cobre a área que eu venho escavando há anos. Muita coisa que vocês veem aqui saiu de lá...

Depois de uma pequena pausa, ele continuou:

— Só não levo vocês pra dar uma olhada lá porque estou um pouco ocupado. Qualquer outro dia eu mostro.

7 A charada

O professor preparou pessoalmente um delicioso chá com limão enquanto discorria sobre assuntos ligados à história da região. Embora ele dissesse que se achava ocupado, falaram por mais de uma hora. Ao deixarem a casa, os jovens dispunham de uma lista respeitável dos piratas que haviam assaltado a baía durante séculos e dos navios que teriam desaparecido nos mares de Parati. O relato de maior interesse, no entanto, ficara por conta de um alemão, um certo Hans Staden, que naufragara na região e caíra prisioneiro dos índios tamoios e por muito pouco não fora devorado por eles.

Embora de passagem, o professor contara algo sobre sua vida. A experiência como professor no Rio de Janeiro, até a aposentadoria. A passagem por Angra dos Reis, antes de se fixar em Parati. E a decisão de se estabelecer na cidade, fascinado pela sua beleza arquitetônica e pela magia do seu passado. Era um homem simpático, não havia dúvida. Na verdade, uma única coisa parecia tirá-lo do sério: qualquer menção ao doutor Tomaso.

No caminho de volta para a pousada, os jovens pensavam em tudo que haviam escutado na casa do professor, quando ouviram bem ao lado.

— Ô, fantasminha sem-vergonha! Quer dizer que o tesouro já foi pra Itália e ele continua pregando peça na gente?!

Pedro e Milena, que caminhavam lado a lado pouco à frente, voltaram-se com ar interrogativo. Foi Rita, porém, quem recriminou:

— Cacá, se eu fosse você, não falava assim do Manuel Maria! Olha que ele pode não gostar...

— E daí? Você... você acha que ele... Que ele pode fazer alguma coisa contra a gente?

— Contra a gente, não, contra você! Isso não são modos de falar de um pobre fantasma!

— Pobre fantasma por quê? Ele não tem um tesouro escondido? Ou tinha, sei lá?!

— Eu desisto!

A garotinha calou-se e tampou os ouvidos, dando a entender que botava um ponto-final na conversa tola. O amigo, porém, não havia terminado:

— Olha, Rita, quer saber de uma coisa?... Ontem, eu achava que tinha ouvido o fantasma, mas aqui, no claro, debaixo deste sol quente, começo a desconfiar que a gente anda vendo coisas demais...

Rita olhou para o amigo com ar de desprezo e deu-lhe as costas. Os dois na frente retomaram a caminhada, buscando a sombra fresca junto à parede dos casarões. Milena deu um toque no seu chapéu-panamá, colocou-o na cabeça e questionou:

— Pedro, por falar em fantasma, o que você acha da teoria do professor? Você acredita que o italiano descobriu mesmo o tesouro?

— Não sei, Milena, mas não há muitas opções. Ou ele se enganou e o tesouro continua no lugar onde foi escondido, ou o Manuel Maria é um grande farsante. Se é que esse fantasma existe mesmo. Às vezes eu não acredito.

Milena considerou as palavras do amigo e concordou que elas continham uma boa dose de razão. Primeiro, aparecia o fantasma prometendo o tesouro; em seguida, porém, o professor afirmava que o italiano já havia descoberto e enviado o tesouro para a Itália. Só se fosse um fantasma brincalhão. No entanto, tinha um ponto na teoria do professor que a intrigava.

— Eu acho meio estranho... Se o italiano descobriu o

ouro, por que ele continua em Parati? Por que não vai gastar o dinheiro na Itália, ou nas ilhas gregas?...

— Pode ser que ele esteja procurando outro tesouro! — sugeriu Cacá, no fim da fila, o rosto muito vermelho e suado.

— Não acredito — retrucou Rita. — Aliás, acredito.

— Poxa, Rita, decida! Você acredita ou não acredita? — intimou a irmã.

A outra manteve a calma e explicou sem pressa:

— Não acredito que o italiano tenha descoberto o tesouro. Mas acredito no Manuel Maria. Se ele deu a pista é porque o tesouro ainda está lá.

— Lá, onde? O professor disse que o italiano arrebentou o túnel onde devia estar o tesouro...

— Aí é que tá o xis da questão — retrucou Rita. — Quem disse que a casa é aquela e que ela tem a ver com a charada?

Pedro balançou a cabeça e acrescentou:

— A Rita falou um negócio interessante... O professor não disse, em momento algum, por que ele acredita que a casa é aquela.

No centro da praça, diante da matriz velha, os jovens fizeram uma parada. Milena apoiou o pé na lateral do banco e fechou questão sobre o assunto:

— É... Pode ser que esteja todo mundo atrás da casa errada.

— É claro! — tornou Rita. — A casa não é aquela. Ou então eu esgano aquele fantasma trapalhão!

8 *Adolescer*

Chegando à pousada, os jovens alimentavam a secreta esperança de contar com o auxílio do fantasma. Se existia algo a ser descoberto e, se a descoberta era do interesse dele, o tal de Manuel Maria tinha obrigação de colaborar. Talvez por ser a mais jovem e pensar menos nas consequências, Rita não media as palavras.

— Precisamos dar uma prensa no Manuel Maria!

Pedro e Milena, no entanto, mantinham um pé atrás. Não sabiam muito bem como lidar com o fantasma. E Cacá queria distância. À noite, porém, o Manuel Maria não deu as caras. Adivinhando talvez o que o aguardava, foi baixar em outro centro qualquer. Por volta da meia-noite, os garotos se deram por vencidos. As investigações, no entanto, prosseguiriam no dia seguinte, com uma visita ao doutor.

Pela manhã, pretendiam sair sem chamar a atenção, mas não foi possível. Confortavelmente instalados na rede, na sombra arejada da varanda, dona Clarice e seu Luís Otávio perceberam quando as filhas e os amigos botaram a cabeça fora da porta. O pai baixou o jornal, livrando o rosto por inteiro e propôs, com jeito:

— Não faz nem meia hora que vocês terminaram o café... Não é melhor esperar um pouco pra ir à praia?

— A gente não vai à praia, pai — esclareceu Rita.

— E vai onde, posso saber?

Rita virou-se para a irmã, que tomou a palavra:

— Vamos caminhar um pouco pra fazer a digestão.

— Fazer a digestão com um sol desses na cabeça? — interveio a mãe.

— A gente tá levando o chapéu — mostrou a menor.

— Tá bem, mas não se exponham muito, viu? Pedro, tome conta delas.

— Pode deixar, dona Clarice.

Depois que os quatro se despediram e se puseram a caminho, seu Luís Otávio comentou, sem tirar o olho da rua:

— Não sei por que, mas sinto que algo de estranho está acontecendo com as meninas...

Dona Clarice limitou-se a levantar os olhos da revista. Como se mantivesse calada, ele continuou:

— Faz dois meses que as meninas só falam em praia. Aí, a gente vem pra Parati e, até o terceiro dia, elas não chegaram nem perto da água...

Após uma risada sonora, que chamou a atenção de Isaura, na portaria, dona Clarice comentou:

— Eu estranho é você! Primeiro, censura, dizendo que é cedo pra ir à praia. Depois estranha por que elas não vão à praia. Sabe o que eu acho?...

— Diga.

— Que você está enciumado porque o Pedro e a Milena não se largam um minuto. Sem falar no charminho de um e outro, nos olhares melosos...

— Clarice, a coisa então é muito pior, porque eu não tinha percebido nada. Aliás, nem imaginava. Milena e Rita são tão crianças!

— Tatá, nossas filhas cresceram. São adolescentes, ou quase... Enfrentam festinhas sozinhas, dançam...

Dona Clarice voltou à revista. Seu Luís Otávio, porém, não conseguiu retomar a leitura do jornal.

9 *Na boca do túnel*

A bela casa assobradada devia ocupar pelo menos vinte metros de frente. As janelas e as portas de cima passavam de dez e abriam-se para imponentes sacadas protegidas por gradis de ferro decorados com interessantes arabescos.

A porta principal, cujo batente se erguia a mais de três metros, possuía moldura de pedra lavrada e, pouco acima, brotava um florão igualmente de pedra, trazendo gravada a data de 1862, em algarismos romanos.

Antes que tocassem pela segunda vez, a porta se abriu, mostrando a figura de um negro alto e forte, que atendeu com educação:

— O doutor mandou entrar. Disse que não demora.

Enquanto falava, indicou o espaço à direita, que dava acesso à sala da frente. Quando os quatro passaram para o cômodo principal, o atendente apontou um antigo conjunto estofado em couro e saiu. Bastou virar as costas para que os visitantes manifestassem a estranheza que sentiam.

Como Pedro e Milena ocupassem o sofá maior, podiam cochichar, sem o risco de ser ouvidos por alguém da casa.

— Pedro, é impressão minha ou ele esperava pela gente?

— Não é impressão, não. O doutor Tomaso esperava pela gente. Ou estão nos tomando por outras pessoas...

Cacá esticava o pescoço, tentando ouvir o que diziam. Pedro aproximou o dedo indicador dos lábios, pedindo silêncio. Com isso, calaram-se e se puseram a examinar o ambiente.

À primeira vista, o italiano mantivera a casa, ou pelo menos aquela sala, tal como devia ter sido na época dos antigos proprietários. O assoalho de tábuas largas e o forro de madeira pintada mostravam os estragos do tempo. Os móveis de couro, luzidios pelo longo tempo de uso, tornavam o ambiente pesado. Uma mesa com cadeiras de espaldar alto completava o mobiliário. E os quadros, distribuídos por todas as paredes, mostravam pessoas em trajes civis e militares, personalidades do Império e da República recém-proclamada.

De onde estavam, podiam ver o corredor e duas portas. A do fundo, provida de cortina, devia conduzir à cozinha. A mais próxima abria-se para uma sala menor, tendo ao centro um oratório esculpido à mão, com santos policromados de tamanho natural. Milena observava as imagens, quando sentiu o assoalho ranger e viu um homem entrando pela porta da cozinha.

— Boa tarde! Estava à espera de vocês.

O sotaque, embora leve, traía a origem italiana. Mas se aquele homem era o doutor Tomaso, a troco de que os esperava, se nem ao menos os conhecia? Se não haviam sequer feito contato por telefone?

— Boa tarde, doutor — correspondeu Pedro. E pediu confirmação: — É o doutor Tomaso, não?

— Vocês parecem admirados... Ou será impressão minha?

— Já explico — interveio Milena. — Da maneira que o senhor nos recebeu, dá a impressão de que nos aguardava...

— Ah, é isso? — riu o homem magro, espigado, de cavanhaque na ponta do queixo. — Acho até que vocês demoraram. Na verdade, eu os esperava ontem...

Enquanto o dono da casa ocupava uma bela poltrona, Pedro, Milena, Rita e Cacá trocavam olhares significativos. O espanto dos jovens não podia ser maior. E como eles mantivessem o silêncio, Tomaso prosseguiu:

— Vocês estranham porque não vivem aqui. Em Parati, as palavras voam e as paredes têm ouvidos.

Se o doutor tivera a intenção de tranquilizar, falhou. A explicação servira, ao contrário, para excitar ainda mais a imaginação dos visitantes. Provavelmente, ele adivinhou, porque acabou retomando o assunto:

— Não existe mistério. O Ismael viu vocês saírem da casa do professor Quintino. Ismael é a pessoa que os atendeu... Também descobriu que estão hospedados na Pousada do Lilás. Portanto não são parentes do professor...

O anfitrião encarou a garotinha, esperando que ela continuasse, porém Rita não disse nada, sentindo que devia ouvir mais do que falar. Ele prosseguiu:

— Aí, ficou fácil. Em cada dez pessoas que visitam o professor, nove querem saber do tesouro. E dez em cada dez constatam que ele gasta mais tempo falando de mim, o que desperta nelas o desejo de me conhecer.

Pedro baixou a cabeça, Milena e Rita trocaram uma olhada e Cacá falou:

— Nossa! Tem tanta gente assim atrás do tesouro?

O italiano explodiu numa rumorosa gargalhada, pois sentiu que o garoto entregara de graça o que os outros tentavam a todo custo ocultar. Ainda vermelho pelo esforço do riso, o doutor falou:

— Imagino que toda pessoa que ouve falar no

tesouro fica curiosa para saber mais. E acaba vindo me procurar ou indo procurar o professor, acreditando que sabemos mais que os outros. Mas a curiosidade não dura muito. Diante do insucesso todos acabam desistindo.

— E o professor... por que o senhor acredita que ele o mencione? — indagou Milena.

— Antes de me mudar para Parati, tudo que encontravam na região ia parar nas mãos dele. Foi assim que ele montou seu museu particular. Ele ganhou objetos indígenas, louça das Índias, quadros e até móveis antigos, abusando da boa-fé das pessoas. Quando eu cheguei, comecei a pagar por esses objetos. Hoje, eles vêm à minha casa, que a vida não está fácil pra ninguém. E o professor, claro, não me perdoa...

Milena olhou na direção de Pedro, implorando para que ele dissesse algo. O amigo, porém, mostrava-se pouco à vontade. Adivinhando o motivo da apreensão, o dono da casa disfarçou:

— Bem, vocês me parecem crianças demais para se interessarem por tesouros e fofocas de província... Quem sabe, não vieram falar de outra coisa?

Milena ouviu e, frente ao silêncio dos amigos, optou pela franqueza:

— Na verdade, soubemos da charada e ficamos curiosos... Disseram pra gente que se alguém desvendar a charada descobre o tesouro do fantasma. O professor, porém, parece acreditar que o senhor já decifrou a charada e descobriu o tesouro...

O anfitrião voltou a rir diante da referência. E enquanto limpava um cachimbo, falou:

— Ele deve ter dito também que para descobrir o tesouro do fantasma inglês eu derrubei o túnel, não disse?

— Fantasma inglês? — estranhou Cacá, entortando a boca. — O fantasma é português!

— Olha, ao certo mesmo eu não sei, porque nunca vi um fantasma. Uns falam em fantasma português, outros em fantasma inglês... Quem sabe não existe também um italiano?

Pedro ignorou a discussão sobre o suposto fantasma inglês e retomou o diálogo, a partir do ponto que interessava:

— Voltando ao professor Quintino... ele disse que o senhor demoliu o túnel.

Levantando-se bruscamente, o italiano chamou-os, enfatizando com um gesto:

— Venham ver uma coisa. Venham, eu não tenho nada a esconder. Eu venho de um lugar onde se valorizam a arte e a cultura. É claro que pago pelos objetos porque também ganho com isso. Esse material, no entanto, vai parar em museus onde pode ser visto por todos. Não é melhor do que ficar numa sala empoeirada?

O italiano gesticulava tanto quanto falava. E, assim, atravessaram a cozinha e chegaram ao quintal. Encaminharam-se para o muro à direita, ou melhor, para o portãozinho de madeira que havia no muro, quase no fim do terreno. Ele continuava explicando:

— Algumas casas antigas como esta dispunham de túneis que saíam na praia. Era um meio de escapar de índios, piratas e inimigos de todo o tipo...

— É um túnel desses que existe aqui? — indagou Pedro.

— Exato. Por causa da infiltração de água da chuva, o túnel desabou. Em vez de destruir o túnel, estou restaurando. Primeiro, vou desobstruir, para saber onde vai dar, enfim colher informações importantes...

Fora da propriedade, seguiram uma trilha junto ao muro de pedras. O chão compunha-se de pedra e mato. As águas do mar vinham bater cerca de um metro abaixo, formando um rendilhado de espumas. Preocupados em não cair no mar, poucos perceberam a boca escura aberta na pedra, até que ele apontou:

— Lá está o túnel. Não se preocupem; a entrada é estreita, mas o túnel é largo. Dá pra ficar de pé.

— Tem uma escadinha na pedra — descobriu Rita.

De fato, a parte interna do túnel era mais espaçosa. E o piso se mostrava plano e regular, ao contrário do teto, que tinha pontas de pedras formando angulosidades diversas. Mas não andaram mais que vinte metros e tiveram que parar diante de um desmoronamento. Claramente decepcionados, os jovens observavam os grandes blocos de pedra negra amontoados no caminho.

— Vocês bem podem imaginar o trabalho que dá desobstruir esse caminho, mas vamos voltar ao quintal. Quero mostrar a vocês outra coisa.

Refizeram o caminho de volta, contornando o muro, até o quintal. Seguiram, então, até o ponto onde havia uma grande quantidade de pedras amontoadas com capricho.

— Estas pedras foram retiradas do interior do túnel... Futuramente serão utilizadas na restauração...

Milena prestava atenção no galo de metal em cima do telhado, contendo os quatro pontos cardeais, que girava ao sabor do vento.

— Doutor Tomaso, pra que serve aquele galo de metal? — indagou Milena. — Já vi galos em cima de outras casas.

— Ele aponta a direção dos ventos... Era muito útil naqueles tempos em que as pessoas dependiam da observação direta dos fenômenos. Hoje, as rádios noticiam a direção dos ventos, a temperatura e a previsão de chuvas para os barcos. Mas veja isso aqui...

O dono da casa mostrava agora uma pequena cratera, onde o túnel ruíra, provocando a obstrução. Os jovens se demoraram na análise, porque a curiosidade era grande. Por fim, Milena encorajou-se:

— Doutor Tomaso, nós sabemos que a saída para o lado do mar está bloqueada, mas... e o lado de cá?

Apontando para a casa, a pouco mais de dez metros, ele respondeu, sem muito empenho:

— Não vai a lugar nenhum. Acaba ali, na parede.

A resposta deu lugar a um intervalo, após o que a garota falou:

— Pelo que vimos, o professor está enganado em relação ao senhor...

— Eu jamais destruiria um patrimônio cultural para procurar um tesouro. Não sei se vocês perceberam, eu fiz questão de manter a casa e o mobiliário exatamente como eram na época da construção...

— Nós reparamos — afirmou Pedro.

Milena, porém, ouviu, balançou a cabeça e propôs:

— É possível que o senhor não se interesse pelo assunto. Mas isso não significa que o tesouro não esteja aqui...

O doutor balançou a cabeça e carregou na declaração:

— A charada indica claramente a casa do professor, pelo menos em parte... A charada não fala em casa do sol e casa da chuva? A casa do sol é a dele, com certeza!

— Como o senhor pode estar tão certo? — indagou Pedro.

— Do lado de fora da casa existem dois signos gravados, vocês não viram? São dois sóis. Estão lá para quem quiser ver.

— Dá pra ver da rua? — indagou Rita, curiosa.

— Dá. E reparem também no quintal dele. Vocês vão ver uma área coberta por lonas e muita terra revolvida...

— Nós vimos as lonas...

— E viram o que tem por baixo? — indagou o homem.

— Não, só olhamos da janela. Ele ficou de nos mostrar outra hora...

O homem voltou a rir:

— Duvido muito que ele mostre, sabem por quê? Debaixo daquelas lonas deve ter uma cratera do tamanho da lua e o que tiraram de terra ali daria pra aterrar a baía de Guanabara.

10 *A casa do sol*

Os jovens deixaram a casa do italiano excitadíssimos. A vontade era correr para a casa do professor e conferir as informações. O horário, porém, não permitia. A visita ao doutor Tomaso havia se estendido além da conta e, se não se apressassem, perderiam o almoço.

Após a refeição, tiveram de permanecer ainda algum tempo na pousada, pois dona Clarice e seu Luís Otávio já os tinham submetido a um intenso interrogatório, tentando descobrir o verdadeiro motivo para o desaparecimento da turma durante a manhã inteira e o atraso para o almoço.

No final da tarde, enfim, surgiu a oportunidade para a escapada, e os jovens não esperaram pela segunda. O sol começava a descer, anunciando o crepúsculo, quando chegaram à casa do professor. Colocaram-se de frente para a construção e começaram a procurar.

— Não estou vendo nada, e você, Pedro? — consultou a amiga.

Ele protegeu a vista com a mão e procurou o ponto onde estava o sol. Então, arriscou:

— Pela posição do sol, ele vai descer atrás daquelas montanhas. Lá, portanto, é o poente; e, no seu oposto, o nascente. Meu palpite é que as tais figuras estejam nas laterais da casa, no nascente e no poente...

Os quatro passaram então a procurar um ângulo que permitisse melhor visibilidade das laterais. Rita logo percebeu:

— Tem alguma coisa lá!

— Tem mesmo! — apoiou Cacá, sempre pronto a

prestigiar a garotinha que não lhe dava a mínima.

Ao contrário da frente, as paredes laterais eram lisas e isentas de qualquer ornamento. E assim se tornava fácil perceber a existência do signo. Havia, de fato, uma figura gravada em relevo. Pedro avançou até o meio da rua e definiu:

— É um sol... Um sol igual àquele que as crianças desenham. Um semicírculo com feições e raios desenhados. Só que, em vez de o sol estar acima da linha do horizonte, está abaixo... Como se estivesse de cabeça pra baixo...

— É isso mesmo. Agora estou vendo perfeitamente — aprovou Milena.

— Vamos ver o outro lado — chamou Rita, já a caminho.

No lado do nascente, havia uma figura igual à do poente.

— A única diferença é que o sol, aqui, tá na posição normal, acima da linha do horizonte.

— Tá na cara — intrometeu-se Cacá. — Deste lado o sol tá pra cima porque é aqui que ele nasce. Do outro lado, tá invertido porque é lá que ele morre.

— Faz sentido — concordou Milena.

Pedro considerou a ideia por um segundo e retrucou:

— Faz sentido em relação a nascente e poente. Não entendo o que isso ajuda na decifração da charada... A charada fala em caminho do sol...

— O caminho que sai da casa do sol é o caminho do sol, não é, não? — teimou Rita.

— Não está muito claro, não. Entretanto, se esta for a casa do sol, o caminho do sol deve estar relacionado a ela.

Ao terminar a fala, Pedro trocara o alvo do seu interesse. Milena acertou-lhe uma cotovelada e cochichou, sem levantar a vista, para não ser percebida:

— Pedro, disfarça e dá uma olhada na sacada...

Adivinhando de quem se tratava, Pedro tirou os óculos, limpou as lentes e viu o professor que examinava os movimentos do grupo. Um tanto constrangido, acenou com a mão e o professor correspondeu. Os demais repetiram o aceno e se puseram a caminho, procurando encobrir a intenção.

— Que chato! O professor vai pensar que a gente tava vigiando a casa dele.

— Ora, Milena, a gente tava fazendo bem pior. A gente veio investigar o que o doutor falou — retrucou a irmã.

Após atravessar a rua, procuraram uma sombra, no canto da calçada. Cacá passou à frente e iniciou:

— Imagine se o professor ia pensar...

A explicação ficou pela metade, interrompida da maneira mais inesperada. Um vaso, carregado de terra e de plantas, despencou do alto de um casarão, raspando-lhe o nariz e espatifando-se na calçada bem aos seus pés.

11 *Uma mãozinha do além*

Ao chegarem à pousada, era quase noite e o grupo havia conseguido um certo consenso: o vaso, que por pouco não atingira a cabeça de Cacá, desabara lá do alto por acidente. O parapeito que sustentava o vaso, além de estreito, mostrava-se deteriorado pelo tempo e a umidade era tão intensa que a superfície criara musgo. Assim, um simples esbarrão poderia provocar a queda. E o autor tanto podia ser um gato desajeitado como um urubu desequilibrado.

Entretanto, concordavam, no íntimo, que se tratava de uma coincidência no mínimo estranha. Chegaram a cogitar até se não seria um aviso. Cacá jurava de pés juntos que vira um vulto se afastando do parapeito logo após a explosão do vaso na calçada. E Milena tocou num ponto que acendeu a desconfiança de todos:

— Tem uma coisa que vem martelando na minha cabeça desde que estivemos na casa do professor. Pode não ter relação com nada, mas se eu não falar, não durmo...

— Fala, Milena, de que se trata? — quis saber Pedro.

— Quando a Rita chamou a atenção para a área coberta de lonas, o professor disse que tirava suas peças dali... Ou seja, ele realiza pesquisas arqueológicas no quintal...

— É verdade — aprovou a irmã. — Ele disse que outro dia qualquer mostraria, porque, naquele momento, ele tava ocupado...

— Exatamente — confirmou Milena. — Só que depois ele nos serviu chá e falou de um monte de coisas. Nós ainda ficamos lá mais de uma hora...

A garota deixou a questão no ar, mas Pedro falou abertamente:

— Você acha que ele não quis mostrar o que tem debaixo das lonas, é isso?

— Claro! E, se não quis mostrar, é porque aquelas lonas escondem alguma coisa...

— A Milena tá certa — concordou a irmã. — Foi a conta de falar nas lonas, ele se afastou da janela. Mas depois que a gente deixou de lado a questão, ele esqueceu da vida.

Todos se recordavam muito bem da cena da casa do professor e concordavam que a atitude dele fora muito estranha. Por conseguinte, ninguém duvidava de que o próximo passo seria voltar ao quintal do professor Quintino. O desentendimento dizia respeito apenas à maneira de atingir o objetivo. Nesse ponto, Rita era a única com opinião formada:

— A gente podia aproveitar a noite e ir lá hoje mesmo!

— O que é isso, Rita? — censurou a irmã. — Se o professor se ofereceu pra mostrar tudo, por que vamos agir como assaltantes?

— E você acredita que ele vai cumprir a promessa? Não lembra do que o doutor disse? Se ele tiver o que esconder, jamais vai mostrar aquele quintal!

— A gente podia levar a polícia — opinou Cacá, querendo parecer simpático à garota.

Todos os olhos se voltaram na sua direção e se fixaram nele. Sem graça, o garoto ficou um tempão procurando o que fazer com as mãos. Na falta de coisa melhor, coçou as orelhas e falou:

— Querem saber uma coisa? Vou entrar e tomar banho.

12 *A tentativa frustrada*

Após o banho, os quatro jantaram juntos e permaneceram, depois, na entrada do estabelecimento observando os hóspedes. Entre as seis e as oito horas da noite, a agitação na pousada crescia muito, devido ao elevado número de pessoas que entravam ou deixavam o refeitório. Eram na maioria jovens, o que contribuía para aumentar o barulho. Diante da dificuldade de diálogo, Pedro convidou:

— Por que a gente não vai pro nosso apartamento, até diminuir um pouco o barulho? Aqui não vai dar pra conversar...

Rita e Cacá puseram-se à frente e tocaram em direção ao corredor. No apartamento, Milena perguntou:

— Pedro, voltando ao assunto da tarde, o que você acha da ideia da Rita?

— Acho precipitada — disse ele, encarando a garotinha. — Se existe a possibilidade de entrar na casa pelas mãos do professor, devemos pelo menos tentar.

Sentindo o gosto da decepção no olhar da menina, Pedro acrescentou:

— Além disso, precisamos ficar pelo menos uma noite na pousada. A dona Clarice e o seu Tatá andam meio desconfiados...

— Desconfiados de quê? — inquiriu Rita, elevando a voz.

— Ora, Rita, faz três dias que chegamos e ainda não fomos à praia. A gente só vem à pousada pra almoçar e jantar... Você não acha que estamos dando bandeira?

Rita ouviu a irmã sem muito entusiasmo. Relutou um pouco e mudou de alvo:

— E o Manuel Maria? Ele podia ajudar... Bem ou mal, nós fizemos a nossa parte...

— Poxa, Rita, não dava pra deixar o fantasma de lado, não? — reclamou Cacá, que não escondia de ninguém os receios exagerados que nutria em relação ao Manuel Maria.

Sempre que alguém expunha uma opinião, aguardava pela manifestação de Pedro, já que ele exercia uma liderança natural sobre os componentes do grupo. Muitas vezes, aliás, ele se sentia incomodado com essa responsabilidade. Desta vez, no entanto, seu incômodo dizia respeito também ao fantasma.

— Não sei se o fantasma é a pessoa mais indicada para ajudar. Mesmo porque até agora não tenho certeza se ele existe mesmo ou se nós andamos vendo coisas. E, supondo que ele exista, é preciso considerar que desconhecemos suas verdadeiras intenções.

— É que vocês não podem ver como eu vejo. O Manuel Maria é um amor de fantasma! Não mete medo em ninguém!

— Prefiro que ele se mantenha a distância. E, se eu fosse você, Rita, tomava cuidado. Ele é um desconhecido.

A garota ignorou as palavras de Cacá e disse a Pedro:

— Não custa nada tentar... A gente podia perguntar pra ele se o professor é confiável ou não ou o que tem debaixo das lonas...

Pedro ouviu em silêncio e, com cara de poucos amigos, fez uma proposta totalmente inesperada:

— Desconfio que está havendo um mal-entendido. Nessa história, pelo menos por enquanto, não há culpados nem suspeitos. A gente se propôs a descobrir o tesouro a partir da charada. E é isso que precisamos fazer...

— Tudo bem — interveio Milena. — Mas não se esqueça de que nós só chegamos ao doutor e ao professor porque eles estavam no caminho da nossa investigação. E, até agora, não temos condições de saber se eles vão nos ajudar ou se podem ser descartados de vez.

— É aí que entra o fantasma! — retrucou Rita. — Quando falei nele, estava pensando em cortar caminho.

Cacá e Milena procuraram instintivamente por Pedro. De novo intimado, o jovem reagiu com uma atitude dúbia. A custo, falou:

— De qualquer modo, não estou vendo o fantasma... Rita, você sabe como trazê-lo até nós?

A garota remexeu-se sem dizer nada. Seu semblante preocupado, no entanto, revelava que o detalhe lhe escapara. Ela ainda estava pensando na dificuldade quando ouviram um ruído no banheiro. O rosto dela descontraiu-se no ato. Ela foi verificar e, assim que acendeu a luz, ouviu a voz inconfundível comandar:

— Apaga a luz! Apaga a luz!

— Ah, você tá aí, é?

— Cá estou — confirmou ele com sotaque luso.

Como da vez anterior, apenas Rita enxergava o fantasma. Os demais limitavam-se a ouvir.

— A gente queria falar com você. Estamos muito confusos. Você precisa dizer alguma coisa, ajudar mais...

— Não posso. Se vocês pretendem descobrir a localização da canastra, precisam mostrar empenho, vontade, paciência. Se eu pudesse revelar o local, já teria resolvido meu problema há muito tempo, não acham?

Rita voltou-se para os amigos sem saber o que dizer. Nem precisava, eles haviam ouvido o que o fantasma dissera. Porém, como ela se sentisse revoltada com a situação, decidiu recriminá-lo por outro motivo:

— Ainda há pouco, a gente queria fazer contato e não sabia como. Você precisa dar a fórmula...

— Não tem fórmula. Nem eu posso me comunicar com vocês a qualquer momento. Não é tão fácil assim...

— Não pode? — Rita levantou o tom de voz, mas caiu na sensatez. Elevou então os olhos para a cortina e propôs: — Tudo bem. Já que você não está tão disponível, podia indicar outro fantasma...

— Pra que você quer outro fantasma? — interrogou o próprio, preocupado. — Você... você não gosta de mim? Chuif...

Rita virou-se para os amigos, bufando. Não suportava quando o fantasma assumia o papel de vítima. Em seguida, voltou-se para ele, falando meio irritada:

— Não tenho nada contra você, mas não custa conhecer outros. Sabemos que existe também um fantasma inglês que costuma aparecer...

— Fantasma inglês?

— O doutor Tomaso disse que o povo fala ora de um fantasma português, ora de um inglês...

Em vez de responder, o fantasma fez silêncio.

— Manuel Maria, o que aconteceu? Fale!

Pressentiram todos um ruído de pano mexido no canto da cortina e ouviram os soluços reprimidos.

— Chuif, chuif... Chuif...

— Credo! Nunca pensei que fantasma fosse assim! — reclamou Rita. — Fale, Manuel Maria, ou eu... ou eu...

Ela pegou uma escova de cabelos sobre a pia. Manuel Maria resolveu-se:

— Não existe nenhum fantasma inglês, chuif... Era eu mesmo, chuif, chuif...

— Você... Quer dizer que você se fez passar por um fantasma inglês? Por que você fez isso?

— É que, chuif... Ninguém, chuif... Ninguém leva a sério um fantasma, chuif... um fantasma português, chuif, chuif... Até você preferia um... Um fantasma inglês, chuif...

— Ah, sabe o que é que você parece? Uma manteiga-derretida! E tome! — disse ela, arremessando-lhe a escova contra a cabeça transparente.

13 *Rotina rompida*

Na manhã seguinte, quando as filhas se preparavam para ir ao encontro dos amigos, dona Clarice perguntou, com a maior naturalidade desse mundo:

— Rita, Milena... Vocês já puseram maiô?

— Maiô? Por que a senhora pergunta? — estranhou Milena.

— Porque eu e seu pai resolvemos quebrar a rotina. Hoje vamos pegar um barco e passar o dia numa bela praia deserta.

— É pra lá de Mambucaba — acrescentou o pai, vindo do quarto. — Dizem que tem uma cachoeira belíssima. Aí, eu pensei em vocês e contratei o barco.

Como as garotas não dissessem nada, a mãe comentou:

— Vai ser bom. A gente não tem ficado muito tempo junto...

— É mesmo, mamãe. Pra falar a verdade, nem temos ido à praia, temos andado por aí, passeando, fotografando...

No íntimo, Milena ficara surpresa e estranhava que a mãe não tivesse avisado com antecedência sobre o programa. Para ela, a atitude tinha um quê de autoritário. Só porque eram crianças não precisavam ser consultadas? Por outro lado, acreditava que o pai realmente havia pensado nelas ao tratar a viagem, pois sabia que elas adoravam cachoeiras.

— Será que não vai chover, não? — indagou Rita, olhando para o céu azul, através da janela. — Tomara que eu não fique enjoada. Vocês sabem que eu enjoo quando viajo de barco...

— O que é isso, Rita? Até parece que não está querendo ir. Você enjoava quando tinha três ou quatro anos de idade...

Milena encarou-a e se pôs em ação:

— Tudo bem, Rita, vamos botar o maiô. E precisamos avisar o Pedro e o Cacá.

Assim que ficou sabendo do passeio surpresa, Pedro comentou, com um quase sorriso nos lábios:

— Lembram do que eu disse ontem? Esse passeio foi a forma que eles encontraram de nos manter ao alcance da vista...

Ao terminar o café, vieram avisar que o barco estava à espera. Embarcaram em minutos e se puseram a cortar ondas no rumo de Angra. A viagem, porém, seria mais curta. O destino se encontrava numa pequena enseada de águas transparentes, a poucos quilômetros da vila de Mambucaba.

— Que coisa linda! Começo a achar que valeu a pena!

— É claro que valeu, Milena. Isso aqui é o paraíso — emendou Pedro.

Após um mergulho geral, o grupo se colocou em fila indiana, atrás do piloto. Caminharam cerca de dois quilômetros, parte dentro do mato, até chegar à cachoeira prometida.

— Nossa! É uma cachoeira de verdade! — entusiasmou-se Rita, diante da visão. — Quantos metros tem?

— Uns trinta — informou o barqueiro.

— Ai, que água gelada! — gritou Milena, ao sentir a ducha fria no corpo.

— Ah, moça, essa água vem lá do alto da serra. Só vai amornar um pouquinho depois do meio-dia.

Os jovens foram para dentro do tanque raso, que se formava ao pé da queda, enquanto os pais e os dois homens da tripulação buscavam uma sombra.

— Seu Isaías, isso aqui é o paraíso.

— Eu não falei, seu Tatá? E o melhor ainda está por vir. A gente vai juntar umas pedras e uns cacos de lenha pra preparar o melhor peixe que o senhor já comeu.

— Ah, quando estiver pronto, me chamem — respondeu o homem, recostando-se no ombro da mulher e puxando o chapéu sobre a testa.

Sob a cachoeira, vestida num biquíni que expunha suas formas arredondadas, Rita comentou:

— Pedro, isso aqui tá mais divertido que caçar fantasma, não tá, não?

— Tá bom demais, Rita — devolveu o garoto, deixando os óculos entre as roupas, na beira do tanque.

— E você, Cacá, o que está achando? — indagou dona Clarice.

— Eu só acho que a gente devia ter vindo de barco... pra economizar a caminhada...

— Ah, não dava, menino — intrometeu-se o ajudante do piloto. — O mar aqui é raso, tem muito arrecife...

Os adultos ainda riam com o comentário do garoto, que se mostrava partidário incondicional do menor esforço, quando Milena chamou:

— Pedro, vamos dar uma volta?

No mesmo instante, Cacá virou-se para Rita:

— Vamos também?

— Ah, é? Quem chamou você?

A mãe, que observava o movimento, à sombra do seu arbusto, censurou:

— Credo, Rita, por que você trata o Cacá assim?

— É que de outro jeito ele não entende, mãe. Mas ele sabe que não é nada pessoal. Eu até gosto dele um pouquinho.

Enquanto Rita falava, percebeu o cutucão que o pai deu na mulher. A mãe desviou a vista e riu com ternura ao perceber o motivo do toque. A pretexto de proteger a garota das pedras que brotavam à flor da água, Pedro pegara na mão de Milena e não parecia disposto a soltá-la tão cedo.

De fato, após avançar alguns metros mar adentro, em vez de largar a mão da garota, Pedro pegou a outra.

— Estou desconfiado de que o dia vai ser melhor do que eu imaginava — confessou ele.

— Será que você está pensando na mesma coisa que eu? — perguntou ela, olho no olho.

— Com certeza.

Eles se molharam e foram sentar numa pedra para tomar sol. Rita e Cacá, que haviam se aproximado para observar melhor, acompanhavam o movimento, a certa distância. A garota cavava a areia com o dedão do pé, disfarçando. De repente, perguntou:

— Cacá, você acha que o Pedro e a Milena tão namorando?

— O Pedro e a Milena? — interrogou o outro, como se ouvisse um absurdo. — Sabe o que eu acho, Rita?

— Foi isso que eu perguntei, Cacá.

— Olha, se a Milena escolheu o Pedro pra namorar, errou feio. Ele não gosta disso, não. Ele só pensa em livro, vídeo, computador...

— Puxa, Cacá, você não é amigo dele? Como pode falar desse jeito do seu primo?

— O que eu vou fazer, se é a pura verdade? Agora, tem um garoto que gosta muito, mas muito mesmo de você... Ele só pensa em você, ele... Acho que ele tá apaixonado por você...

Rita encarou-o. Cacá ficara vermelho, e o suor começara a escorrer da testa para o rosto, para a ponta do queixo. Quando ela voltou a olhar as ondas, ele insistiu:

— Rita, você... você... você não quer saber quem é? Não quer saber o nome dele?

— Não, Cacá, não quero. Pelo amor de Deus, *não* diga!

Ela deu-lhe as costas e foi para debaixo da cachoeira. Na única vez em que olhou para trás, o garoto permanecia no mesmo lugar, cada vez mais vermelho debaixo daquele sol terrível.

14 *A casa do grito*

Apesar da surpresa do passeio, na véspera, a verdade é que os jovens tinham tido um dia maravilhoso. Pedro e Milena principalmente, porque tiveram a oportunidade de dizer um ao outro o que sentiam no coração. Ao chegarem na pousada, à noite, o cansaço era tamanho que foram todos dormir às nove horas.

Por isso, pela manhã, pensaram em recuperar o tempo perdido, como Cacá insistia em dizer. Milena tinha certeza de que, em vez de perder, ganhara. De qualquer forma, decidiram telefonar para o professor, tentando marcar uma nova visita. Não conseguiram. O homem devia ter saído ou viajado, pois ninguém atendia ao telefone.

Sem terem o que fazer, resolveram dar uma volta pela cidade. Se o professor não atendia, era possível que estivesse fazendo compras. Quem sabe não o encontrariam pelas ruas? Não encontraram. Em compensação, quase bateram de frente com outra pessoa, que vinha mesmo a calhar.

— Seu Evangelista, como vai o senhor?

— Bem, Milena... O que vocês fazem tão cedo na rua?

— Andando por aí. A gente ia visitar o... o... — a garota se arrependeu e corrigiu: — A gente ia visitar uma pessoa, mas parece que ela viajou.

O homem percebeu a hesitação, pôs um sorriso maroto no rosto e interrogou:

— E a canastra do fantasma?

— Ah, a gente pensou na charada, mas não chegou a lugar nenhum.

— Eu pensei que vocês tivessem feito progressos... Vocês visitaram o doutor, o professor...

Os três se voltaram na direção de Pedro, que confirmou:

— Visitamos, mas ficamos na mesma.

— É uma pena... — O homem já se dispunha a ir, quando de repente parou e convidou: — Venham comigo, vou lhes mostrar uma coisa interessante.

Sem nada para fazer, os quatro receberam o convite com boa vontade. Puseram-se a caminho e, depois de algumas quadras, ele apontou para o casarão a distância:

— É lá que nós vamos. É a casa do grito...

— Casa do grito... Foi o senhor ou o Etê que falou nela aquela noite? — interrogou Pedro.

— Qualquer um de nós pode ter falado. O povo diz que a casa do grito também tem seu fantasma.

Os jovens haviam visto a casa a distância outras vezes. Como se situasse numa pequena península quase engolida pelo mar e isolada do conjunto urbano, a visita foi sendo protelada. O que chamavam de península não passava de uma estreita faixa de terra com o mar aberto de um lado e uma minúscula enseada às costas. A massa de terra era defendida por uma linha de pedras, que lhe dava a aparência de um aterro artificial.

O imponente sobrado fora construído de maneira a aproveitar praticamente toda a ponta. A frente, voltada para o nascente, contava com um passeio de pedras irregulares, que mal permitiria a manobra de um automóvel, e uma mureta, igualmente de pedra, com metro e meio de altura, que servia de anteparo às águas ousadas do mar vizinho.

— A casa tá bem estragada — comentou Cacá, assim que atingiram a península.

Ele tinha razão. A casa devia estar abandonada havia muito tempo. As portas e janelas, sem as folhas, punham à mostra o interior da antiga casa senhorial, onde o mato crescera. Nas sacadas, um mundo de peças enferrujadas formava desenhos raros. Sobre o telhado destruído, recoberto de líquen, crescia um verdadeiro matagal.

— O senhor vem sempre aqui? — perguntou Pedro.

— Desde menino. Fui criado num casebre que existia na entrada da península. Meu pai era administrador da olaria. Ainda existem os alicerces ali, no fundo do casarão...

— E o proprietário não vem aqui, não cuida da casa?

O guia encarou Cacá e balançou a cabeça negativamente. Seu semblante havia entristecido.

— A mesma família ficou na casa desde a construção até a venda, mais de cem anos depois. Venderam com tudo dentro. O comprador veio aqui, carregou móveis, portas, janelas, louças, objetos, quadros, imagens, e nunca mais voltou.

— Como é que alguém dispõe assim de coisas que pertenceram durante séculos à família? — desentendeu Milena.

— Vai ver o dono tava precisando de dinheiro — intrometeu-se Cacá, com seu reconhecido senso prático.

— Precisava nada — contestou seu Evangelista. — A olaria funcionava dia e noite e abastecia todo o vale. Eu sei por que eles se foram. Sei porque a menina da casa

grande, que tinha a minha idade na época, me contou...

Ele esticou o intervalo, fazendo suspense. Rita perguntou, sem esconder a curiosidade:

— O que ela disse?

— Disse que tinha um fantasma na casa.

— Outro fantasma? — quis saber Cacá. — Ele... ele ainda vive aí?

Seu Evangelista levantou os olhos para as sacadas e falou sem nenhuma emoção especial:

— Isso eu não sei dizer. O que eu sei é que tinha um quarto lá em cima que ficava o tempo todo fechado. Se abrisse, ninguém dormia com os gritos.

— É por isso que chamam de casa do grito? — especulou Milena, de olho no galo de metal no telhado.

O relator abanou a cabeça, confirmando, e mudou de assunto:

— Você reparou no galo, é? Hoje eles são raros...

— Eu vi um igual na casa do doutor Tomaso.

— Eles servem pra indicar a direção do vento... E como aqui só sopra o noroeste, que traz chuva, vento virou sinônimo de chuva.

De ouvido na conversa que não lhe interessava, Rita decidiu intervir e de novo mudar o rumo:

— Esse fantasma aí não deixou nenhum tesouro, não?

O homem riu, como se já esperasse pela pergunta. Olhou com ar condescendente para os jovens e falou:

— Algumas pessoas acreditam que o local mencionado na charada é este...

— O tesouro está aqui? — avançou Cacá.

— O que é que diz a charada? — perguntou o homem.

— Que o tesouro está no lugar onde o caminho do sol se encontra com o caminho da chuva — recitou Pedro.

Seu Evangelista apontou para a casa arruinada e disse:

— Aí está. A casa fica exatamente de frente para o nascente. E o fundo, voltado para o poente, indica a direção dos ventos, que trazem chuvas, como eu disse há pouco. Portanto, a casa do grito é o lugar onde o caminho do sol se encontra com o caminho da chuva...

15 *Segredos de quintal*

Pedro havia telefonado para o professor logo cedo, pensando numa nova visita. O homem, simpático como sempre, aceitara recebê-los para um chá e uma conversa informal. Assim, pouco antes das duas, terminaram o almoço e se puseram a caminho.

— Boa tarde, jovens, como vão? Subam, subam. Vocês já conhecem a sala de cima — falou o professor ao deparar com os jovens, diante da sua porta.

Os quatro subiram, agradecendo. E, como o dono da casa retardasse a subida para providenciar algo na cozinha, logo que chegaram à sala superior, Rita correu à janela. E diante do que viu lá embaixo, comentou:

— Eu não tinha reparado... Realmente tem muita terra remexida lá perto das lonas...

Os companheiros amontoaram-se à sua volta e, apesar dos cuidados, acabaram surpreendidos pelo proprietário, que subira a escada sem ser percebido.

— Ah, estão olhando o quintal... No mínimo, o

carcamano deve ter dito que estou desenterrando a múmia do faraó... Ou então lavrando diamantes...

Os visitantes se entreolharam encabulados. No entanto, o professor demonstrava um espírito tão desarmado que Milena decidiu-se uma vez mais pela franqueza:

— O doutor não foi tão específico, mas disse que debaixo daquele encerado deve ter uma cratera tão grande...

— Quanto a boca dele! Ou tão comprida como a língua dele! Como vocês preferirem.

O professor riu, contando com a cumplicidade dos jovens. Rita, porém, insistiu:

— O que tem lá embaixo? É o tesouro?

— Você acertou em cheio, menina. Vamos lá ver.

Após pegar os óculos e o chapéu sobre a mesa, o dono da casa se pôs à frente e iniciou a descida. Atravessaram a sala de baixo, uma espécie de copa, a cozinha e ganharam o quintal. Dirigiram-se, então, para a área coberta de lona. Sem nenhum subterfúgio, o professor levantou as saias de lona, que fechavam as laterais, prendendo-as na parte de cima da estrutura e apontou para o chão:

— Eis o meu tesouro... Debaixo desse solo existe um cemitério indígena com belíssimas peças, que eu venho resgatando há anos...

No chão, viam-se vários canteiros delimitados por barbantes, presos a pequenas estacas de madeira. O interior dos canteiros fora escavado. Vinha dali, com certeza, aquele mundo de cacos lisos e pintados, que enchiam alguns caixotes no salão de cima da casa.

— O senhor está fazendo pesquisas arqueológicas...

— Exatamente, Pedro. Comecei ali, há alguns anos, e, no momento, estou trabalhando aqui, neste pedaço...

O ponto mais profundo correspondia ao início das escavações e sua dimensão estava muito longe da cratera de que falara o doutor Tomaso. Numa mesa de cavaletes, descansavam algumas peças praticamente restauradas, sobre armações de arame grosso. E, do outro lado, uma grande tampa de madeira, como que fechando algo.

Pedro e Milena observavam calados, mas Rita questionou:

— E aquela tampa, professor? Dá a impressão que tem um buraco embaixo...

— Você acertou, Rita. Ali existia uma antiga fossa sanitária, que foi aterrada. O problema é que a terra começou a ceder e eu pus a tampa por segurança.

Como não tivessem mais o que ver, o professor convidou:

— O que acham de um belo chá?

— Acho ótimo! — aplaudiu Pedro.

Enquanto tomavam chá, falaram de assuntos variados. Ao final, Pedro referiu-se à visita que haviam feito à casa do grito, na companhia de seu Evangelista.

— Pelo que o seu Evangelista disse, muita gente acredita que a casa da charada é aquela...

O professor balançou a cabeça, num gesto dúbio. Depois, falou:

— Querem saber o que eu penso disso? — perguntou ele, sem esperar pela resposta. — Quem acredita em riqueza fácil, vê ouro em qualquer lugar.

— O senhor... o senhor não acredita no tesouro do fantasma? — interrogou Milena.

— Olha, Milena... Às vezes, eu até me exalto um pouco quando falo no doutor Tomaso, porque sei que ele compra peças arqueológicas para vender. Essas peças vão embora, vão parar não sei onde. Pois bem, se ele vive disso, suponho que esteja muito interessado no tesouro e em tudo que possa reverter em dinheiro... Mas eu, na verdade, não estou nada interessado...

— O senhor deve ser a única pessoa em Parati que não se interessa pelo tesouro... — tornou a garota.

O homem tomou do seu chá sem nenhuma pressa. Como a garota mantivesse um quase riso nos lábios, ele explicou:

— Aqui em Parati existem dois tipos de pessoas: as pessoas que não acreditam em fantasmas, e, por isso, não pensam no tesouro, e aquelas que acreditam, mas não têm coragem de encarar o fantasma e ouvir o que ele tem a dizer. Talvez seja essa a razão de ninguém ter descoberto o tesouro, se é que ele existe mesmo.

Milena ouviu com atenção e declarou:

— Isso significa que, se aparecer alguém que acredite e que tenha coragem para ouvir o que o fantasma tem a dizer, vai descobrir o tesouro.

16 *O secretário desaparecido*

Após o banho, as garotas reuniram-se no apartamento dos amigos, pensando na possibilidade de um novo contato com o fantasma. O procurado, porém, não apareceu. Nem na versão lusa, nem na versão inglesa.

— Eu não acho justo. O Manuel Maria aparece quando lhe convém, mas nós não podemos fazer nada quando precisamos — reclamou Rita, esquecida do que o fantasma lhe dissera sobre a limitação de suas aparições.

— Nessa, a Rita tá cheia de razão. A gente também devia ter o direito de assombrar o fantasma — concordou Milena.

Cacá sentiu um arrepio percorrer o corpo, diante da forma irreverente com que Milena tratava o fantasma. Embora ele se sentisse atraído pelo tesouro, não conseguia se acostumar com a ideia de que seu intermediário fosse um fantasma. Algo lhe dizia que aquilo podia não acabar bem.

— Milena, acho que você não devia falar do Manuel Maria desse jeito...

— Qual é, Cacá... Virou defensor do fantasma, é?

Durante o jantar se puseram de acordo. Reuniriam o útil ao agradável e iriam ao Arrastão. Afinal, haviam chegado ao doutor e ao professor por causa da conversa com o garçom e o zelador da matriz velha. E, assim, se puseram a caminho, na esperança de conseguir algum dado novo.

— E aí, Etê... Como vai o movimento? — indagou Milena, tão logo o garçom se aproximou da mesa.

— Aqui tá tranquilo, mas aí fora... — Ele abaixou-se e colocou a mão ao lado da boca, cochichando: — Dizem que tem uma turminha que tá doidinha atrás do ouro do fantasma...

— Nossa, Etê, que exagero! — interveio Pedro, entendendo bem a indireta.

— Exagero? Dizem que o tal grupinho frequenta tanto a casa do doutor como a do professor...

— Bem disse o doutor que em Parati as paredes têm ouvido!

O garçom riu com o comentário de Pedro, e Milena tentou reforçar a teoria da casualidade:

— Aquela noite, ficamos curiosos com as coisas que você e o seu Evangelista falaram. Aí, fomos procurar o professor Quintino e o doutor Tomaso... Aliás, o seu Evangelista nos levou outro dia à casa do grito e disse que muita gente acredita que a casa da charada é aquela...

— Mas ficamos impressionados mesmo foi com as pesquisas arqueológicas do professor... — retomou Pedro, tentando convencer o garçom de que o interesse do grupo era outro.

— Pesquisas arqueológicas? Foi isso que ele disse a vocês?

Diante do tom de dúvida, Milena revelou:

— Nós estivemos lá no quintal, Etê. Vimos as demarcações, as peças recuperadas...

— Essa é a fachada. E por trás? Pelo tesouro, o doutor

e o professor são capazes de tudo. Eu me sinto até meio culpado porque vocês entraram nessa história pelo que eu falei aqui aquela noite. E isso pode ser perigoso...

— Perigoso por quê? — indagou Pedro.

Etevaldo observou nas mesas próximas para certificar-se de que não era ouvido e falou:

— Vou contar um caso e vocês tirem suas próprias conclusões... O italiano tinha um homem de confiança, uma espécie de secretário, conhecido por Tota... Era ele quem resolvia tudo para o doutor Tomaso, até que um belo dia ele sumiu.

— Sumiu como? — interrogou Rita.

— Ninguém sabe. Sumiu misteriosamente. Como os santos da matriz velha...

— Ninguém some assim, sem mais nem menos...

O garçom hesitou um tanto, mas acabou falando:

— Olha, o que eu sei é o que dizem por aí... Uns dizem que o próprio carcamano deu fim nele porque o tal sabia demais... Queima de arquivo, sabe... Outros dizem que foi o professor, porque o Tota também funcionava como uma espécie de guarda-costas do inimigo...

Os jovens permaneceram calados, sem ânimo sequer para tomar o suco. Encerrando a conversa, Etevaldo reforçou:

— Vocês querem um conselho? Esqueçam o professor e o doutor. Se estão a fim do tesouro, esperem que o fantasma apareça e diga onde está. É muito mais fácil encarar o fantasma do que esses dois pilantras.

17 *Passeio noturno*

A caminho da pousada, os jovens não escondiam certa frustração. Como de costume, Pedro e Milena caminhavam pouco à frente, os olhos presos às formas e ao colorido dos casarões oitocentistas. Alguns passos atrás, Rita cansou de refletir e soltou:

— Essa visita ao Arrastão só valeu mesmo pelo suco de caju. O Etê não acrescentou nada.

— Ele fez acusações graves contra o doutor e o professor...

— Estamos bem-arrumados — comentou Milena, ignorando as palavras de Pedro. — Temos um informante que não informa e um fantasma sumido...

Enquanto Milena falava, Cacá virou duas vezes para trás. Rita percebeu e inquiriu:

— O que você tanto olha, hein? Perdeu alguma coisa?

— Acho... acho que tem alguém seguindo a gente...

Milena virou-se, perguntando:

— Cacá, você viu alguém?

— Vi... Acho que vi... Quando saímos do bar, olhei pra trás e vi alguém se esconder na esquina. Agora aconteceu outra vez.

Pedro encarou o primo, tentando adivinhar algum sinal de brincadeira no seu rosto, mas percebeu que ele dizia a verdade. Alguém de fato os seguia. Ou, pelo menos, assim acreditava o garoto.

— Tudo bem, não olhem para trás. Vamos caminhar naturalmente até a ponta da praia e, quando virarmos no casarão rosa, corremos e nos escondemos atrás da igreja. Se alguém estiver nos seguindo, vamos saber quem é.

— Boa ideia! — aprovou Milena. — Vamos.

Caminharam pelo roteiro estabelecido e, ao chegarem no sobrado rosa, correram para se esconder atrás da matriz velha. Pedro pegou na mão de Milena e os quatro, muito juntos, se puseram a esperar. Depois de algum tempo, Rita reclamou:

— Tá demorando muito. Se tivesse alguém seguindo, já devia ter chegado...

Os outros mantiveram o silêncio por alguns minutos, conferidos no relógio, e aí Milena falou:

— Acho que a Rita tá certa. Não vem mais ninguém, não.

Transformado em centro das atenções, Cacá remexeu-se, visivelmente incomodado. Ele vigiava a esquina, dava uma mirada nos amigos, voltava a vigiar. Por fim, engoliu o pigarro que entalara na garganta e falou:

— Pode ser que ele tenha desconfiado... A gente sempre pega a mesma rua pra voltar e hoje nós mudamos.

— Tudo bem, vamos pra pousada.

Puseram-se a caminho, tomados de certo receio, até que chegaram à esquina do sobrado rosa e viram que a rua se encontrava completamente deserta. Cacá baixou a cabeça e não a levantou até a última quadra, quando toparam com a surpresa.

— Olá, como vão? Vejo que tivemos a mesma ideia... Saíram à procura de ar fresco?

Na tentativa de acertar os óculos sobre o nariz, Pedro deixou o objeto cair. Abaixou-se para pegar e cumprimentou:

— Seu Evangelista, como vai o senhor?

— Vou bem, e vocês? Soube que voltaram à casa do professor...

— É verdade, estivemos lá — confirmou Pedro, desajeitado. — O professor mostrou as escavações arqueológicas que vem realizando no quintal...

Balançando a cabeça em negativas, o homem inquiriu:

— Vocês acreditam nessa história de escavação arqueológica?

— E por que a gente devia duvidar? O que mais tem na casa dele é objeto indígena, peças restauradas por ele...

— Vocês sabiam que peças religiosas de valor incalculável foram roubadas da matriz velha e de outras igrejas?

— O Etê nos contou. Ele falou também de um tal de Tota, secretário do doutor, que desapareceu...

Seu Evangelista riu e falou:

— Ah, o Etevaldo... Esse sabe de tudo, fala de tudo... Se fosse um pouquinho mais esperto, seria um ótimo suspeito para o roubo das igrejas. Quanto ao Tota, é verdade. O sujeito desapareceu, ninguém sabe como. Tomou chá de sumiço.

— Eu só acho que o senhor tá sendo injusto com o Etê... Ele não se interessa nem pelo tesouro, por que haveria de roubar as imagens das igrejas?

— Não se interessa? Ele só pensa nisso! Se alguém descobrir antes, é capaz de se matar! — contrapôs o homem.

Os jovens estranharam muito, pois nunca haviam percebido nenhum interesse prático vindo do garçom. Rita considerou a hipótese e ainda tentou:

— Sempre achei que o Etê levasse a história do fantasma na brincadeira...

— Essa é a estratégia. Ele puxa assunto, como quem não quer nada, mas está ligado nas informações. Dizem que é assim desde que morava na pousada.

— O Etê morou aqui na pousada? — indagou Pedro.

— Ele praticamente nasceu naquela casa... Quando a Isaura veio pra cá nem era pousada...

Milena sacudiu a cabeça; não estava entendendo nada.

— O que tem a ver o Etê com a Isaura?

— Ele é filho dela...

— Filho dela? — estranhou Rita. — Por que ele não nos disse nada?

A irmã reagiu com um gesto de ombros. Naquele instante, Pedro lembrou-se do detalhe e comentou:

— Engraçado... Vocês se lembram que foi a Isaura quem indicou o Arrastão?

— É verdade... Foi ela mesmo — recordou-se Milena.

O seu Evangelista, que os examinava de um jeito enigmático, acrescentou:

— O Etê é um caboclo muito esperto mesmo, mas não é o único suspeito, não. Vocês são ainda crianças e deviam tomar cuidado com as casas que andam frequentando.

18 *Perigo na praia*

Pela manhã, surpreendentemente, foram as garotas que despertaram antes. Pedro e Cacá acordaram com batidas na porta. Assim que a porta se abriu, as duas invadiram o apartamento, atropelando uma à outra na revelação. Os pais haviam recebido um bilhete anônimo, contendo ameaças muito sérias.

— Bilhete anônimo? — perguntou Pedro, bocejando. — O que... o que dizia?

— O bilhete diz que nós estamos brincando com fogo. O papai tá pensando se leva à delegacia ou não.

— Como é que foi escrito o bilhete? — interessou-se Cacá.

— Veio com letrinhas de jornal coladas... Como nos filmes de mistério — esclareceu Rita.

Como Pedro ficasse pensativo, com o semblante fechado, Milena interrogou:

— Você... Você acha que o bilhete é sério?

— Não sei, Milena, estou tão confuso quanto vocês. Se não foi brincadeira, está relacionado com o tesouro do fantasma. Só pode ser isso.

— Você acha que alguém ia se preocupar só porque andamos fazendo umas perguntas por aí?...

Antes que o amigo respondesse, tocou o telefone. Os pais das garotas os aguardavam para tomar café. Os jovens se trocaram rapidamente, escovaram os dentes e se encaminharam para o refeitório.

— Olá, Pedro... Cacá... Dormiram bem?

— Muito bem, seu Tatá, só estranhamos essa história do bilhete anônimo...

— Deve ser brincadeira. Por via das dúvidas, o que vocês acham de ir à praia com a gente hoje?

— Por mim, tudo bem — concordou Pedro, de olho na reação da namorada.

— Por mim, também — aceitou Milena. — Vamos tomar café e botar maiô.

O barco deixou-os numa belíssima praia, a poucos quilômetros da cidade. Apesar do sol forte, sentiam o frescor da brisa soprando do mar. Atrás, a paisagem se fechava com um cordão de serras verdes quase azuis. Ao longe, num ponto onde céu e mar se fundiam, o casario de Parati lembrava manchas brancas sobre o fundo colorido de uma tela.

O casal de adultos deu um mergulho e recolheu-se à sombra do imenso guarda-sol. Os jovens, porém, não se cansavam da água. Pedro observava embevecido a movimentação de sua garota, mas o pensamento voava.

— Milena, não seria melhor contar tudo a seus pais?

Milena esticou a vista até a praia, onde os pais tomavam água de coco, e considerou:

— Pra ser franca, andei até me sentindo um pouco culpada em relação a meus pais... Mas aí me perguntei: o que é que está acontecendo?

Como ela deixasse a questão no ar, Pedro propôs:

— Ora, Milena, tem o fantasma da charada... O Etevaldo e os seus segredos... Bem ou mal, estamos nos intrometendo na vida do professor e do doutor... Ah, tem ainda o seu Evangelista e a casa do grito...

Rita e Cacá haviam se aproximado a tempo de ouvir, mas não quiseram opinar. Milena rebateu:

— O Etê pode ter mentido por diversos motivos. Pode ser até que não lhe ocorreu contar porque de fato não achava importante... E, sinceramente, não vejo motivos para temer o doutor ou o professor. Em relação aos dois, acho que o Etê anda fantasiando além da conta.

— E o Manuel Maria? — interveio Rita. — Já pensaram no que o papai e a mamãe diriam se a gente contasse que conversa com um fantasma português? Eles iam morrer de rir.

— Você ouviu, Pedro? — indagou Milena rindo.

Pedro saiu nadando sem responder. Milena acompanhou-o. Como os menores se preparassem para segui-los, ele advertiu:

— Daqui pra frente, não dá pé. É melhor vocês voltarem.

— O Cacá que volte! Eu sei nadar.

Contra a vontade, o garoto parou, porque realmente nadava como um prego. Enquanto isso, os três davam braçada após braçada. Afastando-se cada vez mais. Eles mergulhavam, reapareciam, davam novas braçadas e voltavam a mergulhar. Cacá observava a cena, com muito despeito, quando percebeu uma lancha se aproximando em velocidade.

Enquanto estava no raso, a lancha se mantivera ao largo. Aliás, não estava certo se ela surgira de repente ou se estivera estacionada. Lembrou-se apenas de vê-la em movimento e que aumentara a velocidade, após traçar um arco, próximo à restinga.

Tudo isso passou em segundos na cabeça do garoto, e ele teve certeza de que o barco vinha para cima deles, com perigo maior para os companheiros que nadavam cerca de cinquenta metros à frente. Cacá olhou para a areia, onde os pais permaneciam alheios ao perigo, e gritou com a força dos pulmões:

— Cuidado, Rita! Cuidado, Pedro! O barco!

Cacá gritou e quis correr para a praia, porém os pés se afundavam na areia e não obedeciam. O barco passou em alta velocidade, muito próximo do local onde os amigos acabavam de mergulhar.

19 *Depois do susto*

— Pedro, o que... O que foi isso? — indagou Milena, assustada, cuspindo água salgada.

— Foi... Foi um barco... Ele passou muito perto da gente... Você está bem, Rita?

— Engoli um pouco de água pelo nariz... mas tudo bem.

Os três permaneceram em silêncio por algum tempo, observando o barco que desaparecia. Por pouco, muito pouco mesmo, os jovens não haviam sido atingidos. O prejuízo maior, felizmente, ficara por conta do violento deslocamento de água, provocado pela passagem próxima do barco, que atirou um contra o outro, e pela ingestão involuntária de água pela boca e pelo nariz. Quando o barco já havia desaparecido no horizonte, Milena perguntou:

— Pedro, você acha que foi acidente ou o barco veio pra cima da gente de propósito?

Pedro relutou, mas Rita respondeu:

— Tá na cara que foi de propósito! Já se esqueceram do bilhete anônimo que mandaram pra pousada?

Ouviram, finalmente, o chamado de dona Clarice e, como o pai já entrasse na água, os jovens resolveram nadar em direção à praia e voltar à terra.

— Meu Deus, o que foi aquilo? — perguntou a mulher, como se não tivesse visto o sucedido.

— Não sei, dona Clarice. Só senti o deslocamento da água — explicou Pedro. — Mas com certeza escapamos por pouco.

— Vocês viram de onde veio o barco?

— Vimos nada, Milena. Só demos pela coisa quando vimos o Cacá gritando feito um doido.

Aliás, o mais exaltado era justamente aquele que correra menos perigo. Cacá jurava que vira o piloto apontando o bico do barco sobre os amigos. A mãe das garotas também relacionou o incidente ao bilhete anônimo. O marido, entretanto, depois de ver as filhas e os amigos a salvo, tratou de manter a cabeça fria.

— E o senhor, seu Tatá... O senhor acha que o incidente com o barco e o bilhete estão relacionados? — indagou Pedro.

— Sinceramente, não sei o que dizer. Pode ter sido acidental... O lugar é muito deserto, não tem ninguém aqui, além da gente...

— É coincidência demais! — retrucou a mulher. — Bem no dia que a gente recebe um bilhete anônimo com ameaças acontece um negócio desses, e você diz que é acidente?

— Tudo bem. Me diga, então, o motivo. Por que os garotos estão sendo ameaçados? Por que sofreram esse atentado?... Você pode me dizer o motivo?

A mãe procurou pelas filhas, mas elas baixaram a cabeça sem dizer nada. A mulher, porém, insistiu:

— Milena... Rita... Existe alguma razão para tudo isso? Alguém tem motivos para ameaçar vocês?

— Não. Acho que não — respondeu uma.

— Também não sei, não — resmungou a outra.

Em vista do impasse, decidiram deixar a discussão para depois. Aquele quase desastre, casual ou intencional, acabara com o entusiasmo da família. Porém, tão logo os pais viraram as costas, os jovens se puseram a discutir o assunto.

— A mamãe tá certa! É coincidência demais!

Milena ouviu a irmã, acenando em sinal de concordância, e se pôs a enumerar:

— Ontem, à noite, a gente teve a impressão de que era seguido e, depois, encontrou seu Evangelista perto da pousada... Dia seguinte, mandam um bilhete anônimo, avisando que a gente tá brincando com fogo... E horas depois escapamos de ser estraçalhados por um barco misterioso surgido ninguém sabe de onde...

— Milena, você acha que foi o seu Evangelista?

Rita virou-se para o amigo, censurando:

— Ora, Cacá, não fala bobagem!

Pedro não se sentia muito à vontade, mas percebeu que todos aguardavam que ele expressasse sua opinião. Então propôs, com voz pausada:

— Nós não podemos julgar as pessoas baseados em aparências ou coincidências... O doutor Tomaso e o professor Quintino, por exemplo, são pessoas importantes na cidade, e a gente tem tratado os dois como suspeitos... Eu estive pensando, enquanto a Milena falava, e cheguei à conclusão de que o melhor que a gente faz é abandonar tudo...

— Não acho direito — discordou Rita. — O doutor acusou o professor o tempo todo e a gente acreditou. Voltamos lá na casa e fizemos ele mostrar o quintal e o que tinha debaixo das lonas...

— O doutor também mostrou a obra do túnel — contrapôs Milena, interrompendo a irmã.

— Você chama aquilo de obra? Nós vimos uma cratera e um monte de pedras.

Milena ficou sem defesa. Pedro então interveio:

— A Rita tá certa. É preciso dar o mesmo tratamento aos dois. Só não vejo o que uma visita ao doutor ia acrescentar aos nossos conhecimentos.

— No dia que a gente esteve lá, perguntei aonde ia dar o túnel e ele respondeu que acabava na parede da casa. E se o túnel não acabar onde ele disse? — retrucou Rita, sem pestanejar.

— Tudo bem, eu concordo em fazer uma visita ao quintal do doutor... Com uma condição... — propôs Pedro.

— Que condição? — quis saber Milena.

— Se a gente não encontrar nada que incrimine o italiano, vamos tirar o time de campo. Combinado?

— Combinado.

20 *Acidente de trabalho*

O grupo apresentou-se praticamente uniformizado para o jantar. Vestiam bermudas de brim, camiseta e tênis com meias, em lugar dos habituais chinelos de borracha. E mostraram um apetite de leão, atacando com voracidade o delicioso peixe assado com pirão de farinha.

De saída, toparam com os pais das garotas na varanda. Dona Clarice não perdeu tempo:

— Vocês vão sair... Depois do que aconteceu esta manhã?

— A gente não vai sair daqui de perto — respondeu Milena.

Como seu Luís Otávio se limitasse a observar, sem dizer nada, Pedro comentou:

— A Milena e a Rita disseram que o senhor entrou em contato com a delegacia...

— É verdade... Embora não acredite que tenha sido intencional, apresentei queixa. É bom a polícia saber que tem gente por aí ameaçando a vida de inocentes.

— O senhor fez bem. Quem sabe não melhora a fiscalização dos barcos nas praias?

Os quatro se puseram então a caminho, apertando o passo porque o casarão do italiano ficava um tanto distante. Quinze minutos depois, pouco mais talvez, chegaram ao seu destino. Na frente da casa a rua era pavimentada, mas para chegar ao fundo precisavam atravessar uma área coberta de mato e pedras soltas, além de água empoçada.

— Não tô enxergando nada — reclamou Rita. — E tô com medo de pisar num sapo.

— Ai, Rita, por que você tinha de lembrar, hein?! — reclamou a irmã, apressando os passos. — Ninguém trouxe lanterna?

— Eu trouxe. Já vou acender — ofereceu Cacá.

— Você não vai acender nada, que alguém pode ver.

O garoto ficou sem resposta. Rita acelerou seu ritmo, alcançando o casal que seguia à frente. Cacá só tirou a distância depois de algumas quedas no mato molhado. O rosto vermelho suava em bicas, e o cansaço era tamanho que a língua não parava dentro da boca.

Andaram mais uns trinta metros e atingiram o local onde se abria a boca do túnel. Pedro olhou para a mancha escura e comentou:

— Aqui não há nada a fazer. Vamos direto ao quintal. Temos de achar um ponto bom pra escalar o muro.

Não demorou quase nada até toparem com o ponto. No lugar onde o muro do fundo e o lateral formavam um ângulo reto, o terreno no lado de fora se elevava um pouco, possibilitando uma escalada relativamente fácil.

— É aqui... Talvez fosse bom alguém ficar para vigiar...

— Eu não fico! — rebelou-se Rita.

— Nem eu! — fugiu Cacá.

Sem outra opção, Milena decidiu:

— Vamos todos juntos. Quem vai primeiro?

Como ninguém se candidatasse, o próprio Pedro subiu no muro. Permaneceu quieto por um instante, observando se o caminho estava livre e, então, tranquilizou os companheiros:

— Não há luzes na casa. As portas e as janelas estão fechadas. Vocês só precisam tomar cuidado que tem umas pedras soltas aqui no muro.

O garoto deu a mão para Milena, que subiu sem problemas, e pulou para o interior do quintal. Em seguida, Milena ajudou Rita e Cacá. Quando se achavam todos na propriedade, Pedro recomendou, cochichando:

— Não façam barulho. A cozinha não tá longe e alguém pode ouvir.

— Será que o doutor não tem cachorro, não?

— Cala a boca, Cacá! — repreendeu Rita.

Mantendo o corpo colado ao muro de pedras, os quatro seguiram rumo ao lugar onde se abria a cratera. Encostados ao muro, tinham a vantagem de ficar fora do ângulo de visão, caso alguém abrisse a porta da cozinha. Enfim, só faltava pararem de respirar, para não despertar suspeitas.

— Cuidado, Pedro, o túnel tá muito escuro — preveniu Milena, assim que chegaram ao ponto.

— Não se preocupe... Assim que tocar no chão do túnel, eu acendo a lanterna.

— E se tiver alguém lá dentro?

— Cacá! — repreendeu Rita, e, para sorte do amigo, não encontrou nada no chão para atirar.

Quando Cacá conseguiu descer, Pedro já havia chegado ao final e constatado. O italiano não mentira, embora não tivesse dito a verdade por inteiro. Foi Rita quem chamou a atenção:

— Você notou, Pedro... O túnel não termina na parede da casa, como disse o doutor...

— Termina logo adiante, o que não muda em nada a realidade. O túnel de fato se encontra obstruído.

— Eu acho que muda — contrariou a garotinha temperamental. — Se o túnel terminasse aqui, acabava o mistério. Porém não acaba e nós não fazemos a menor ideia de onde ele vai dar e o que há por trás dessas pedras.

— Você tá certa, Rita. De qualquer maneira, não há nada a fazer aqui. Vamos conversar lá fora.

Os quatro se ajudaram e conseguiram voltar à superfície. Como tudo continuasse tranquilo no lado da casa, refizeram o caminho de volta e começaram a escalada do muro. A dificuldade maior ficou por conta de Cacá.

— Puxa, Cacá, o que você tá esperando, hein? O corpo de bombeiros?

Ferido nos seus brios, o jovem bufou e, num esforço supremo, conseguiu passar a perna por sobre o muro.

— Cuidado, as pedras estão muito lisas — preveniu Pedro, já descendo do outro lado.

— Pode deixar, eu já... Ei, Pedro, veja...

A porta da cozinha acabara de se abrir, deixando ver a imagem do empregado contra a luz. E o negro deve ter percebido alguma movimentação no escuro, porque gritou, apontando alguma coisa:

— Quem é que está aí? Desça já ou eu atiro!

Rita e Milena saltaram, pedindo:

— Pula, Cacá! Depressa!

Indeciso entre se agachar no muro e saltar para o outro lado, o desajeitado acabou soltando a pedra e desabando com todo o seu peso.

21 *Um caso suspeito*

Em vista do adiantado da hora, Cacá fora convencido pelos companheiros a seguir para a pousada e tentar dormir. Aparentemente, nada de mais grave acontecera com seu braço. Doía um pouco na altura do punho, mas no dia seguinte estaria bem, haviam prometido os amigos. Caso contrário, tomariam as providências necessárias.

Cacá fora dormir entre gemidos, mas os amigos decidiram dar um desconto porque o garoto gostava de se fazer de vítima. No dia seguinte, porém, ele acordou com o braço roxo e inchado. Reunidos logo cedo à sua volta, no quarto, decidiram comunicar o acidente a seu Tatá e dona Clarice.

— Puxa, Cacá, desse jeito você ainda vai acabar estragando os nossos planos.

— Não exagera, Rita — pediu a irmã.

— Eu não tô exagerando. Quando a mamãe souber o que aconteceu, não vai deixar a gente nem botar o pé na rua!

— Ela não pode saber o que aconteceu! — decidiu Milena. — Vamos ter de contar uma história bem contada.

— Vamos mentir pra ela?

Diante da questão inesperada e incômoda, Milena calou-se por um instante, encarando a irmã. Em seguida, fixou os olhos na direção de Pedro, porém não recebeu a ajuda esperada. Então, propôs:

— Nós vamos contar a verdade. O Cacá sofreu um pequeno acidente e provavelmente quebrou o braço... Só não precisa dizer que a gente estava pulando o muro do quintal do doutor Tomaso...

— Milena, você... Você... Ontem, você disse que o meu braço não tava quebrado — choramingou a vítima.

— E como eu podia saber? Eu não sou médica! E quando a gente falou de esperar até o outro dia, você disse que dava.

— É que ele tava morrendo de medo de ir ao pronto-socorro! — provocou Rita.

Antes que a discussão esquentasse, colocaram-se de acordo sobre o detalhe da queda e foram enfrentar os pais. O dois acabavam de retornar do café. Os jovens foram entrando, um a um, no apartamento deles. Cada um mais calado que o outro. Dona Clarice olhou para a cara deles e desconfiou logo!

— O que é que aconteceu, hein? Cacá, o que você tem no braço?

— Eu... eu...

Enquanto ele gaguejava, Milena falou:

— Ele caiu de cima de um muro e machucou o braço.

— Mas como? Onde foi isso? Vocês mal acabaram de se levantar da cama...

— Foi ontem, dona Clarice. Ontem, à noite — interveio Pedro. — O próprio Cacá disse que não precisava ir ao pronto-socorro. Então deixamos pra hoje...

— O braço está muito inchado. Se não quebrou, é luxação séria — diagnosticou seu Luís Otávio. — Vamos já ao pronto-socorro.

A mulher pegou a bolsa, sinal de que concordava com a opinião do marido, mas, em vez de se encaminhar para a porta, plantou-se no centro do quarto.

— Não consigo imaginar como é que alguém faz um estrago desses no braço caindo de um muro... Quantos metros tinha esse muro? O que ele fazia lá em cima?

Os jovens olhavam um para o outro, evitando falar, pois sabiam que, nesses casos, o importante é não entrar em contradição.

— E aí? Ninguém sabe dizer? Vocês não estavam juntos? — insistiu a mãe.

— A gente estava junto, dona Clarice. Era um murinho de nada, mas tinha umas pedras soltas... — iniciou Pedro.

— É isso mesmo, mãe. O problema é que o Cacá caiu de mau jeito.

— O Cacá vive caindo. Ele não presta atenção onde pisa — acusou Rita.

A mãe prestou atenção à filha e questionou:

— E esse muro onde fica?

— Fica... — Rita começou e virou-se para Pedro.

— Fica lá perto da praia — completou Milena. — É um resto de muro. O Cacá deu azar...

Os pais entreolharam-se demoradamente. Como o homem se mantivesse calado, a mulher cobrou:

— O que você acha, Tatá?

— Acho que o mais importante agora é ir ao posto e tomar as providências necessárias.

A mãe não ficara satisfeita com as respostas e fez questão de deixar bem claro:

— Tomara que eu esteja enganada... mas tenho a impressão de que vocês estão me escondendo algo. Primeiro, recebemos uma carta anônima com ameaças. Em seguida, vocês foram quase atropelados por um barco. Agora, o Cacá aparece com o braço quebrado... No que é que vocês andam metidos, hein?

A mulher estava visivelmente alterada. O marido aproximou-se, colocou o braço sobre seu ombro, puxando a cabeça dela de encontro à dele. Os quatro jovens ouviram, com os olhos no chão, ele pedir:

— Tenha calma, Clarice. Vamos primeiro levar o Cacá ao posto médico. Depois, teremos tempo de sobra pra conversar sobre os detalhes do acidente.

22 *Sob nova direção*

No posto ficou constatada a fratura e Cacá teve de engessar o braço. Contrariando as expectativas, porém, os pais voltaram para a pousada e foram direto almoçar, após o que se recolheram para o apartamento. Evidentemente, aguardavam uma nova oportunidade para dar prosseguimento ao interrogatório.

A mãe apenas preveniu:

— Não me saiam das imediações da pousada.

— Tá bem, mãe — respondeu Milena.

Encerrado o almoço, os garotos reuniram-se em torno

da mesa redonda que usavam para jogar cartas, na varanda.

— E agora como é que ficamos? — interrogou Milena, sentando-se e iniciando a conversa.

— Não ficamos! Depois do interrogatório da sua mãe, você ainda vai inventar o quê, hein? — reagiu Cacá, mal-humorado.

Como Milena continuasse esperando pela resposta, Pedro tentou:

— Pelo que vimos na casa do doutor, ele está tão limpo quanto o professor. Em vista disso, acho que só nos resta parar. A gente tinha feito o trato de parar se não descobrisse nada. E, agora, o seu Tatá e a dona Clarice não vão dar folga...

Rita sentiu o olhar intencional do amigo na sua direção, mas não levantou a cabeça nem deu um pio. Inquieta, ela mexia no botão da bermuda e na fivela do cinto. Pedro cansou de esperar por algum comentário, pegou Milena pela mão e saiu em direção à rua. A garotinha observou e comentou:

— Você já viu como esses dois andam todo cheios de mãos e de olhos? Parece que nunca se viram!

Ao seu lado, Cacá não soube dizer nada. Ela aguardou que o casal se afastasse e levantou-se, fazendo sinal para que o amigo a seguisse. Cerca de uma quadra depois, o garoto a examinava com ansiedade, ela comunicou:

— Cacá, nós vamos continuar a investigação sozinhos. Mas nem o Pedro, nem a Milena, nem ninguém pode saber de nada. Você entendeu?

— Entendi, Rita — respondeu o amigo, coçando o ouvido. — Mas sua mãe... seu pai... eles estão desconfiados...

— O que a gente vai fazer é coisa rápida. Eles não vão nem notar a nossa ausência.

23 *Momento de decisão*

Quando Cacá percebeu, haviam chegado ao Arrastão, que abria suas portas naquele momento. Os garçons davam os últimos retoques nas mesas, quando eles chegaram.

— Esse horário é bom porque tem pouco movimento, dá pra conversar... Olha lá o Etevaldo...

Os dois avançaram até a mesa onde o garçom ajeitava o porta-guardanapos. Ele recebeu-os de bom humor:

— Chegaram cedo, hein? Cadê o resto do pessoal?

— A Milena e o Pedro resolveram ficar na pousada...

— O sol anda forte, cansa muito... O que vai ser, suco ou sorvete?

— Sorvete de abacaxi. Duas bolas na taça.

— Pra mim também.

Assim que o garçom virou as costas para providenciar o pedido, Cacá interrogou:

— Rita, você já sabe o que vai perguntar?

Cacá ficou sem resposta. Rita só mostrou interesse pela pergunta irônica do empregado:

— E aí, já descobriram a arca do tesouro?

— Não. Mas descobrimos que você é filho da Isaura e que praticamente nasceu lá, na pousada... — devolveu a garota.

— Naquele tempo, não era pousada. Os proprietários venderam tudo e foram para o Rio...

Enquanto ele colocava com jeito as taças na mesa, Rita disparou na sua direção:

— Por que não contou que era filho da Isaura? Você sabia que a gente tá hospedado lá na pousada...

O interrogado abriu os braços, evidenciando sua perplexidade. Em seguida, encontrou palavras:

— Agora, estou me lembrando de uma coisa... Não foi ela que indicou o bar pra vocês? Parece que alguém comentou naquela noite...

— É verdade, viemos por indicação da Isaura.

— Está vendo, deve ser por isso... Imaginei que ela tivesse contado.

O papel de interrogador não se mostrava tão fácil quanto havia imaginado. Para dar tempo à cabeça, Rita tomou algumas colheradas seguidas de sorvete. O que ela não esperava é que Cacá fosse se intrometer na conversa.

— Rita, você não vai perguntar sobre a charada?

A garota ficou vermelhinha, arregalou os olhos verdes e quase deixou cair o sorvete. Como não pudesse torcer o pescoço do amigo, tratou de disfarçar:

— Ah, é verdade... Você morou naquela casa, deve saber... Pra localizar o tesouro do fantasma tem que decifrar uma charada...

— Sei. A arca deve estar numa casa onde o caminho do sol se encontra com o caminho da chuva. Ou é o contrário?

Rita colocou uma colherada de sorvete na boca e fixou os olhos sobre o amigo, no outro lado da mesa. Tratava-se de uma ameaça velada para que ele não voltasse a se intrometer. Quem falou, porém, foi o garçom:

— Quer dizer que nem depois do acidente com o barco vocês desistiram dessa história maluca? Eu já disse pra vocês que isso pode ser perigoso.

— Nossa! Como é que você ficou sabendo? — estranhou Cacá.

Rita ignorou a intervenção do amigo e prosseguiu no caminho que lhe interessava:

— Naquela noite, você falou do doutor e do professor... As casas deles têm alguma coisa a ver com a charada?

Etevaldo riu da pergunta. Em seguida, considerou:

— Na casa do professor Quintino tem o sol em relevo e na casa do doutor Tomaso tem o pombal...

— O que o pombal tem a ver com a charada?

— Sei lá, acho que é por causa dos pombos... Quando eles se recolhem, o povo diz que vem chuva...

Rita ignorou e apresentou uma alternativa:

— O seu Evangelista disse que para muitas pessoas o tesouro está lá na casa do grito...

— Besteira! O fantasma de lá não tem nada a ver com o fantasma da pousada. E o sujeito que comprou aquela casa arrancou até porta e janela pra vender. Não deixou um alfinete, que dirá tesouro.

Etevaldo expôs sua opinião, deu um tempo para os jovens pensarem no assunto e voltou à questão:

— Sabe o que eu queria? Queria ficar invisível, nem

que fosse só por um minutinho. Já pensou, poder entrar onde quiser, olhar, mexer em tudo sem ser visto?

— O que adianta, se você não sabe onde tá o tesouro?

O garçom encarou os dois jovens, hesitou, mas revelou:

— Só existem dois lugares onde a canastra pode estar... Vou dizer a vocês, mas não contem pra ninguém. É no túnel do carcamano ou no fosso do professor.

— Fosso? Que fosso? — estranhou Rita, franzindo o nariz.

— Quer dizer que vocês estiveram no quintal do professor e nem repararam no fosso?

Rita parecia não se recordar. Cacá entregou:

— A tampa de madeira, Rita! O professor disse que lá existe uma fossa aterrada...

— Ah, aquilo lá é só uma velha fossa...

Pressentindo que o garçom a observava, Rita levantou-se, colocando o dinheiro dos sorvetes sobre a mesa, e, de saída, perguntou:

— Etê, você sabe se o doutor Tomaso ou o professor Quintino têm barco?

— Nenhum dos dois tem.

Na rua, o tempo, que já andava quente, ferveu para o lado de Cacá. O peso-pesado teve de usar sua pouca agilidade para escapar da investida da amiga.

— Cacá, eu não disse pra você calar a boca? Quase que você estraga tudo! Precisava falar da fossa?

— Foi o Etê que disse que a tampa cobre o fosso e que a tal canastra deve estar lá...

— E você confirmou, seu bobão! E fale baixo, antes que alguém escute! — repreendeu a garota.

A caminho da pousada, Rita falou entre dentes:

— Cacá, temos que voltar àquele quintal.

— Olha, com esse braço engessado, não sei se vai dar, não! Sem falar que, de noite, o gesso chama muito a atenção...

— Depois eu penso no seu braço. Sabe o que a gente vai fazer neste instante?

Cacá arregalou os olhos, imaginando o que vinha pela frente. A resposta, porém, o surpreendeu:

— Vamos voltar correndo pra pousada, tomar banho, trocar de roupa e jantar direitinho, que é pra ninguém suspeitar de nada. Alguma dúvida?

O amigo respirou aliviado e comentou, todo satisfeito:

— Rita, você não imagina o peso que tirou da minha cabeça.

24 *O flagrante*

No dia seguinte, pela manhã, os quatro se deram a um luxo que havia muito não se permitiam: dormir até tarde. Não fosse a intervenção de dona Clarice, teriam perdido a hora do café. Tomaram o café praticamente sozinhos e até a hora do almoço permaneceram na recepção folheando revistas e jornais.

Após o almoço, deram um tempo para a digestão, vestiram suas roupas de banho e foram à praia. Finalmente, pareciam quatro jovens em férias. Quem prestasse atenção, no entanto, perceberia a diferença. Enquanto Pedro e Milena se preocupavam somente consigo mesmos, as cabeças dos outros dois deviam andar a quilômetros de distância.

E, de fato, à noite, enquanto o casal maior procurava

um canto para namorar, Rita e Cacá puseram em prática o plano de invadir o quintal do professor. Embora já avisado, o garoto não se mostrou nada entusiasmado com a ideia.

— Rita, eu ainda não entendi como é que vou subir no muro do professor com o braço engessado...

A garota seguia à frente, a passos acelerados, ele insistiu, fazendo-se de vítima:

— Se com o braço bom eu caí, imagine com o braço quebrado.

— Cacá, pare de resmungar. Você não vai subir em nenhum muro.

— Quer dizer... Quer dizer que eu não preciso ir?

— Você vai de companhia. Vai ficar sentadinho na calçada, do outro lado da rua, pra avisar se aparecer alguém.

— Legal, Rita! Pode contar comigo.

Os dois acompanharam o velho muro de taipa até o limite do quintal do professor. Quando a amiga parou, Cacá questionou:

— Tudo bem, Rita, vou ficar de sentinela... mas e se o professor sair na rua e vier falar comigo?

— Não tem problema porque eu vou sair do quintal bem de mansinho. Se o professor estiver com você, fico lá dentro.

— E como é que eu aviso se acontecer alguma coisa?

— Sei lá. Você pode imitar um pio de coruja...

— Legal, Rita! — Em seguida, sem graça: — Sabe qual é o problema? Eu não sei imitar pio de coruja...

— Esqueça, Cacá. Vá lá na calçada e fique sentado.

— Cuidado, hein, Rita!

Enquanto ele atravessava a rua, em direção ao ponto onde ficaria de guarda, a garota escalou o muro. Aguardou apenas o tempo suficiente para certificar-se de que não havia ninguém à vista e saltou para dentro do quintal. Com a planta da área na cabeça, logo chegou até o local onde se achava a tampa de madeira.

No instante em que levantou uma aba da lona, um gato preto fugiu espavorido por entre as pernas dela. Rita sentiu os cabelos arrepiarem e as pernas amolecerem. Um joelho batia no outro, dificultando o equilíbrio, mas ela acabou se controlando. Só hesitou diante da tampa circular.

— Puxa, tinha a impressão de que a tampa era menor... Tomara que não seja muito pesada.

Ela experimentou levantar, porém não conseguiu. Como houvesse uma variedade incrível de objetos em cima, limpou a tampa, mas nem assim teve sucesso. Apesar da noite, a visibilidade era boa, por causa da lua cheia. Rita pegou no chão um pedaço de madeira e usou-o como alavanca. A providência surtiu o efeito desejado e a tampa começou a se deslocar, pouco a pouco, para o outro extremo.

— Ah, agora vai — disse para si mesma, dando uma olhada preventiva na direção da casa.

Com quatro ou cinco tentativas, livrou metade da abertura. Mais uma ou duas e confirmou o que a visão anterior lhe mostrara. Por via das dúvidas, tirou um coto de vela do bolso e acendeu-o, procurando iluminar o interior do buraco. Seus olhos brilharam.

— Fosso ou fossa, esse buraco foi cavado, e não aterrado!

Mantendo a chama protegida pela lona, deu uma nova olhada para fora, tudo continuava tranquilo. Tornou então ao trabalho, com força maior. Com o auxílio da alavanca, livrou praticamente toda a abertura e descobriu:

— Nossa! Tem um túnel que sai do fundo à direita...

A garota mediu mentalmente a altura do fosso. Devia ter uns três metros de altura. O túnel chegaria a uns dois.

— Essa agora... O que será que tem dentro desse túnel? Se eu descer, não consigo subir de volta. Se não descer, fico sem saber...

Pelo menos metade do seu corpo havia se projetado para dentro do fosso, na tentativa de iluminar o interior do túnel. Toda sua atenção se prendia à necessidade de descobrir uma saída quando ela ouviu às suas costas:

— O que é que eu faço com uma garotinha tão abelhuda?

Quando sentiu a mão próxima ao pescoço, não teve dúvida: atirou-se para dentro do buraco, gritando:

— Não me mate!

E desapareceu na entrada do túnel.

25 *A revelação*

Passava das onze e meia, e o marido já roncava, quando dona Clarice colocou a revista de lado e saiu à procura dos jovens. Àquela hora, as filhas normalmente estavam se preparando para dormir. Na varanda deserta, encontrou apenas Milena e Pedro.

— Milena, onde é que anda a Rita? Ela e o Cacá não estavam com vocês?

— Não sei, mãe. Acho que ela e o Cacá foram até o Arrastão e se esqueceram da hora. A gente tá pensando em dar uma chegada lá...

Enquanto ouvia a filha, a mulher foi até a calçada e viu algo estranho. Pedro e Milena, que acompanharam o seu movimento, perceberam e foram averiguar do que se tratava.

A pouco menos de uma quadra, vinham vindo Rita e Cacá, escoltados pelo professor Quintino. O adulto vinha no centro e segurava os ombros dos jovens como se quisesse levantá-los do chão. Não parecia uma atitude muito amistosa. Para completar, os dois vinham de cabeça baixa como se fossem culpados de algo.

— Quem... quem é aquele homem? — indagou o pai, que acabara de se reunir ao grupo.

— É o professor Quintino — respondeu Milena, pouco à vontade.

Quando os três atingiram o ponto iluminado pela luz da varanda, a mãe tomou a dianteira:

— Rita, Cacá... Por onde vocês andavam até essa hora?

Cacá encarou Rita, que não disse nada. Ela sabia que o homem ia falar. De fato, o professor sequer cumprimentou:

— Suponho que a senhora seja a mãe da Rita e da Milena. E o senhor, o pai...

— Exato — confirmou o pai. — Quem é o senhor e o que está acontecendo?

Ignorando a pergunta, o professor encarou o pai, através das lentes sem aro, e sugeriu:

— Por que o senhor não pergunta à sua filha ou ao garoto onde eles estavam?

O homem virou-se para a filha com ar de interrogação. Ela soltou-se das mãos do professor e correu para abraçar-se à mãe.

— E aí, minha filha, o que aconteceu? — insistiu dona Clarice.

Como Rita não abrisse a boca, Milena arriscou:

— Rita... Cacá... vocês... vocês voltaram...

— Voltaram onde? — interrogou o pai.

Rita confirmou com um gesto de cabeça. Milena virou-se para Pedro, que baixou o rosto. No íntimo, sabia que a coisa estava preta. Os pais das amigas iam ficar sabendo de tudo, da maneira menos adequada possível.

— Pelo que vejo, nem a senhora nem o seu marido sabem por onde suas filhas andam e o que fazem...

— Já que o senhor parece saber, por que não nos conta? — desafiou o pai, se aproximando do visitante.

— Bem, os garotos... os quatro... aparentemente se entusiasmaram com o tesouro do fantasma, e, em vez de aproveitar as praias e as belezas do nosso litoral, resolveram virar detetives...

— Tesouro do fantasma? — foi a única coisa que o pai conseguiu articular.

A mãe, no entanto, queria explicações:

— Por que o senhor está dizendo que eles viraram detetives?

— Desde que chegaram, eles andam especulando sobre o tesouro... Até entendo a curiosidade deles, afinal de contas são crianças. O problema é que pode ser perigoso. Quem pode saber do que é capaz aquele carcamano?

— Carcamano? — cada vez a mãe entendia menos.

— É o doutor Tomaso, mãe, um italiano que vive num casarão perto do morro — explicou Milena.

O professor reagiu com uma careta à referência ao italiano e virou-se para o pai:

— Olha, seu Luís Otávio. É Luís Otávio seu nome, não é? Duas vezes eles me telefonaram propondo me visitar. As duas vezes eu os recebi, conversei com eles, levei-os ao quintal e mostrei tudo que havia lá. Não adiantou nada. A Rita voltou lá, hoje, pulou o muro do quintal e invadiu minha casa, enquanto o Cacá permanecia de guarda na rua.

Agora era o pai que não compreendia. Ele mexia nos óculos, coçava a cabeça e não queria acreditar:

— O senhor está dizendo que a Rita pulou o muro e invadiu seu quintal? E que foi lá procurar um tesouro?

— Só pode ser! Eles devem imaginar que a tal arca está lá, embora eu tenha afirmado que o carcamano já a descobriu e mandou para a Itália.

Marido e mulher trocaram olhares sem saber o que dizer. Felizmente, à medida que falava, o professor foi se acalmando. Quando retomou a palavra, já havia mudado de tom:

— Seu Luís Otávio, dona Clarice, gosto muito desses jovens... São sadios, educados... Acreditem que eu fiquei muito chateado por ter de vir aqui e revelar tudo isso, mas infelizmente não vi outra saída...

— O que o senhor quer dizer com isso? — quis saber dona Clarice.

— Olha, dona Clarice, eu não ligo a mínima pro tal tesouro... Se eles quiserem, podem ficar lá no quintal o dia inteiro. Eu me preocupo porque sei que eles já andaram também na casa do italiano, onde foram surpreendidos durante a noite. Desconfio até que veio de lá este braço quebrado...

Muito ruborizada, a mãe encarou as filhas. Parecia não reconhecer suas garotas.

— Milena, Rita... você também participou de tudo isso, Pedro? — perguntou ela, incrédula.

— Participei, dona Clarice.

O professor aproveitou o breve intervalo e retomou de onde havia parado.

— Minha preocupação é essa, dona Clarice... No meu quintal, eles não correm perigo nenhum, já na casa do tal doutor não sei, não... Pra mim, aquilo que aconteceu na praia não foi acidente. Pelo que o Cacá me contou, acho que foi premeditado.

— O senhor pode deixar que nós vamos tomar uma providência. Hoje eu não durmo enquanto não botar toda essa história em pratos limpos.

— Faz muito bem, dona Clarice. Depois que eles contarem, a senhora vai entender melhor. — E voltando-se para os jovens, pediu: — Não me queiram mal, por favor. Eu só contei aos seus pais pensando na segurança de vocês. Boa noite a todos.

26 *Luz no túnel*

A inesperada visita noturna deixara os pais perturbados. É bem verdade que os dois andavam desconfiados do comportamento e dos segredinhos dos jovens, mas não podiam nem de longe imaginar que houvesse um enredo tão intrincado por trás de tudo. Foram todos dormir tarde naquela noite, pois os adultos fizeram questão de ouvir tudo, tim-tim por tim-tim. E ouviram, ponto por ponto, até a promessa solene que os jovens fizeram de procurar o professor, no dia seguinte, para se desculparem.

Pela manhã, no entanto, a perplexidade dos pais parecia até pouca, se comparada à sensação de traição experimentada por Pedro e Milena, por saberem que os outros dois tinham prosseguido na busca sem eles. Sensação, aliás, que piorou muito quando o casal seguiu para o refeitório e descobriu que os outros dois haviam saído bem cedo sem deixar recado.

— Onde será que se meteram? Pelo que a Isaura disse, eles tomaram café de madrugada — comentou Milena.

— Até entendo, eles devem ter saído cedo pra não ter que ouvir novas repreensões. Também porque devem achar que nós estamos com raiva deles...

— E estamos mesmo!

— De qualquer forma, a gente havia combinado de pedir desculpas ao professor...

— Vamos nós. Quem sabe eles não foram na frente?

Pedro não disse nem sim, nem não. E com isso tocaram para a rua, porque dona Clarice e seu Tatá não deviam demorar. Tomaram o caminho do casarão, atravessaram a bela praça de árvores centenárias. Diante da matriz velha, Milena reiniciou:

— Danadinha! Isso é coisa da Rita!

— Com certeza — apoiou Pedro. — Ela teimou e descobriu que o professor também escondia o seu túnel...

— Um túnel que também está obstruído... Sabe, Pedro... Apesar do professor esconder a existência do túnel, não consigo achar que ele faria algo contra nós...

— Nem eu. Acho que ele pretendia apenas se livrar da nossa presença incômoda... Aliás, ele nos deu atenção até demais!

Conversando, enquanto andavam, mal perceberam que haviam chegado ao seu destino e que estavam em frente à casa do professor. Os dois atravessaram então a rua e foram bater à porta.

— Será que ele vai receber a gente?

Milena ficou sem resposta. Pedro bateu e a porta se abriu pouco depois, surgindo diante deles o homem conhecido, de estatura baixa e corpo franzino.

— Professor Quintino, bom dia... Nós viemos pedir desculpas — adiantou Pedro, com receio de não ser recebido.

— E os outros dois?

— O Cacá e a Rita estão muito envergonhados. Eles virão outra hora, se o senhor permitir...

— Entrem — convidou o homem.

O dono da casa conduziu-os para o aposento superior, onde estava trabalhando na recuperação de uma urna funerária. Na mesa central, via-se a peça semiacabada, rodeada por alguns cacos que iriam completar aquele quebra-cabeça. O homem apontou o sofá e falou:

— Suponho que vocês tiveram uma longa conversa com os seus pais...

— Tivemos, professor. De certa forma, nos livramos de um peso. Não costumo mentir nem esconder nada deles...

O professor Quintino limitou-se a ouvir a explicação de Milena. Pedro então interveio:

— Depois que estivemos na casa do doutor Tomaso, decidimos parar com essa história de detetives. Acontece que a Rita e o Cacá, o senhor sabe... eles são mais novos...

Por fim, o anfitrião deu sinal de vida. Ao contrário da expectativa, suas palavras soaram como uma desculpa:

— Eu não sei se fiz bem, contando aos pais de vocês... Mas, acreditem, fiz isso pensando apenas na segurança de vocês! Talvez seja uma preocupação boba, mas depois do que houve lá na praia, eu me sentiria culpado por qualquer coisa que lhes acontecesse. Por isso achei que seus pais deviam saber...

— Não se preocupe, professor. Como eu disse, foi até bom.

— Ainda bem que vocês pensam assim — considerou o homem. Depois de um breve intervalo, ele comentou: — Eu estava pensando... Vocês disseram que haviam resolvido parar após visitar o túnel do italiano... Isso significa que não descobriram nada?

Milena ameaçou falar, mas se segurou a tempo. Diante de tema tão delicado, preferiu deixar para o companheiro.

— Pois é, professor... Nesse caso, o senhor se enganou. O túnel do doutor desabou em dois pontos, provocando uma obstrução séria. Na verdade, em vez de demolir o túnel, o doutor pretende trabalhar pra descobrir seu destino e sua finalidade. Sua ideia é deixar o túnel exatamente como era.

— Vocês viram o túnel? Estiveram lá dentro?

— Vimos. Não há nenhuma dúvida.

Milena confirmou e aproveitou a oportunidade para dizer o que pensava do anfitrião:

— O doutor Tomaso também se enganou em relação ao senhor. Ele pensa que suas escavações têm outras finalidades, mas nós sabemos que não.

— Quer dizer que o túnel do italiano também está obstruído? — insistiu ele, ignorando o que a garota dizia. — Que coisa mais estranha!

Os dois não sabiam o que dizer. O professor revelou, então, sem a menor cerimônia:

— A Rita deve ter contado que no fundo do fosso existe um túnel obstruído. Ele sempre esteve lá, não fui eu que cavei...

— O teto desabou? — tentou Pedro.

— Era o que eu pensava, até que tentei abrir o caminho e descobri que as pedras do outro lado haviam sido cimentadas. É um tipo de concreto tão resistente que não cede nem à marreta.

— O senhor quer dizer que alguém fechou a passagem de propósito?

— Exatamente. Sempre imaginei que fosse obra do italiano, com a finalidade de esconder alguma coisa. Agora, com essa revelação de vocês, não sei o que pensar.

O homenzinho mal terminara de falar, quando repentinamente se levantou, partindo em direção a uma estante de livros velhos e empoeirados. Retornou em seguida com um livro enorme, encadernado em couro, abriu-o sobre a mesa de trabalho e fez sinal para que os jovens se aproximassem.

— Esta é uma planta antiga da cidade, por isso o centro urbano é bem menor. Vejam, aqui está minha casa... E aqui, o casarão do italiano...

Ele certificou-se de que os jovens acompanhavam suas informações e então perguntou:

— Vocês conseguiriam dizer qual é a direção do túnel dele... Por acaso vem nesse sentido?

— Na direção da sua casa? — indagou Milena.

Pedro examinou sem pressa e indicou a direção quase contrária:

— Acho que o túnel do doutor segue nessa direção... O que você acha, Milena?

— Também acho que é para lá.

Os olhos do homem brilharam e o rosto corado quase sorriu. Intrigado, Pedro quis saber:

— O senhor... O senhor descobriu alguma coisa? Desculpe. Talvez esteja sendo indiscreto...

O professor manteve quase um minuto de silêncio,

como se examinasse ponto por ponto aquilo que pretendia dizer. Por fim, desatou:

— Sempre pensei que existisse um único túnel, ligando a minha casa ao casarão do italiano. E que ele houvesse obstruído propositadamente o caminho para evitar meu acesso...

— E agora, professor? — indagou Milena, não resistindo à curiosidade.

— Em vista do que vocês me disseram, estou chegando à conclusão de que os túneis são dois e que eles se encontram num terceiro ponto... E desconfio que sei onde fica esse ponto...

27 *Cacá é um gênio!*

De fato, Rita e Cacá haviam acordado quase de madrugada e tinham sido os primeiros a tomar café porque não queriam ser vistos. Não se animavam nem um pouco com a perspectiva de voltar à presença do professor para pedir desculpa, então resolveram sumir. Com a intenção de não serem descobertos seguiram até a velha casa da península.

— Puxa, essa casa me dá arrepios. Não tinha nenhum lugar melhor pra gente passar o dia, não?

— Cacá, você é um grosso! Se a Milena convidasse o Pedro pra um piquenique num lugar lindo como este, ele não iria pensar duas vezes.

— Eu não sabia que era piquenique! Você trouxe comida, Rita? Eu não vi você trazer nada.

— Eu não trouxe comida, mas isso não muda nada. Só mostra que o Pedro é um garoto romântico e você, um saco sem fundo, que só pensa em comida.

O garoto sentiu que perdera uma grande oportunidade para ficar calado. Pensou até em se justificar, porém a garota dedicava tamanha atenção à fachada da casa, que ele se arriscava a receber uma nova estocada se voltasse a abrir a boca. Sem tirar os olhos da construção, Rita comentou:

— Não consigo entender...

Como ela interrompesse a frase, Cacá levantou a vista para o casarão arruinado, tentando adivinhar o que ela não conseguia entender. Sem sucesso, perguntou:

— O que é que você não entende, Rita?

— Você é capaz de me dizer pra que servem dois túneis obstruídos que não levam a lugar nenhum?

— Pra nada — respondeu ele, sem pensar.

Rita observou-o por um instante, em silêncio. Foi o suficiente para ele se atrapalhar. Ela então prosseguiu:

— Cheguei a pensar que o túnel do italiano e o do professor fossem um só e que os dois seriam sócios...

— Se eles são sócios, por que vivem se acusando? — contra-argumentou.

— Pra despistar. As pessoas ficam sem saber em quem acreditar e o negócio deles fica oculto.

Cacá coçou a cabeça, pensou, hesitou e arriscou:

— O problema é que o túnel do italiano tá desabado. E você disse que o do professor tá igual...

— A não ser que... a não ser que... — Rita repetiu as palavras, enquanto os seus olhos brilhavam. — A não ser que sejam dois túneis que se encontram num terceiro lugar.

— Boa, Rita! Descobrimos! Descobrimos! — aplaudiu o amigo.

A jovem examinou o amigo de alto a baixo, tentando adivinhar o que se passava naquela cabeça oca. Com certeza, ele não entendera uma única palavra do que ela dissera.

— Cacá... me explica o que foi que nós descobrimos de tão importante?

— Explicar? Explicar o quê, Rita? Foi você que disse...

— O que eu disse foi "a não ser que sejam dois túneis que se encontram num terceiro lugar"...

O garoto sinalizou afirmativamente, enquanto ela falava. Ao final, traduziu:

— O caminho do sol e o caminho da chuva se encontram no lugar onde foi escondido o tesouro.

— Do que você tá falando? O que é que isso tem a ver com a charada?

— A casa do professor não é a casa do sol? — devolveu ele, sonso, sonso.

— E quem disse que o casarão do italiano é a casa da chuva?

No preciso instante em que questionava o companheiro, ela viu em cima da casa o galo de metal girar em torno do seu eixo, na ponta de um mastro de ferro. Então aconteceu o impensável: ela encaminhou-se para o amigo e beijou-o na face.

— Cacá, você é um gênio!

— Eu? — espantou-se o garoto.

— Você se lembra do que o seu Evangelista disse quando nos trouxe aqui?

— Bem, ele... ele... Ah, Rita, ele disse tanta coisa!

Rita balançou a cabeça, decepcionada. Achou que talvez tivesse superestimado a esperteza do amigo. Apesar disso, tentou:

— Estou falando daquele galo de metal, lá, no telhado. Naquele dia, ao ver o vento soprar, virando o galo de lado, seu Evangelista disse que aqui na cidade sempre sopra o vento noroeste. E como o vento noroeste traz chuva, vento virou sinônimo de chuva...

— Puxa, Rita, como é que você conseguiu se lembrar de tudo isso? E o galo, onde é que entra? O que tem a ver?

— Acontece que no casarão do doutor Tomaso tem um galo igualzinho no telhado.

Cacá examinou a garota, sem saber o que dizer. Mas como ela se mantivesse em silêncio, criou coragem:

— Olha, Rita, se você acha que aquela é a casa da chuva só por causa do galo de ferro, então a casa pode ser esta. Muita gente acha; lembra o que o seu Evangelista falou? Ela tem o galo e tem até fantasma.

— Acorda, Cacá — exclamou Rita, estralando os

dedos diante dos olhos dele. — A diferença é que lá tem o caminho e aqui não.

— Você tá falando do túnel? Então eu tava certo... O tesouro tá escondido no lugar onde o túnel do professor se encontra com o túnel do italiano...

— Até que enfim, Cacá!

Ele ficou olhando abobado para ela. De repente, indagou:

— Rita, o que é que a gente tá esperando que não vai pegar a arca?

— Você sabe onde ela está?

— Tá no lugar onde os túneis... — antes de terminar, ele percebeu onde residia a dificuldade.

— Pois é, Cacá, agora só falta descobrir que lugar é esse.

28 *Matando a charada*

Era tamanha a excitação dos dois, que Rita e Cacá levaram metade do tempo habitual para chegar à pousada. Chegaram suados, com as roupas molhadas, quando Pedro e Milena já estavam almoçando. Ao toparem de frente com eles, seguraram os passos e foram primeiro lavar as mãos. Aí decidiram que o melhor era sentar junto com os amigos, até porque Milena já lhes fizera sinal.

— E aí, Rita, a gente vai contar pra eles?

— Não sei. Enquanto a gente almoça, eu penso no assunto. Você não me abra a boca, ouviu?!

— Tudo bem, tudo bem. Se quiser, você fala.

Na verdade, Rita vinha predisposta a revelar sua conclusão, porém, assim que se sentou, a repreensão da irmã mais velha tirou as palavras da sua boca.

— Rita, onde você andou, hein? Nós viramos a cidade de cabeça pra baixo! A gente não tinha combinado de ir se desculpar com o professor?

— Preferi deixar pra me desculpar outra hora. E eu e o Cacá já estamos bem crescidinhos pra andar com as nossas próprias pernas, tá?!

— Ih, o que aconteceu, hein? Não precisa morder!

Rita calou-se. E Milena sabia que quando ela se calava não adiantava provocar. Ela voltou-se, então, para o garoto, que esfregava uma mão na outra, imaginando que a intenção da garota fosse prosseguir com o interrogatório.

— Olha, Cacá, depois você diz pra Rita que o professor não ficou bravo com ela. E que ele espera pela visita de vocês.

Ao final do almoço, Pedro aproximou-se dos dois e propôs:

— Rita, Cacá... Na conversa que tivemos com o professor esta manhã surgiu uma novidade interessante sobre os túneis. A gente estava pensando em ir pro apartamento e discutir o assunto. O que vocês acham?

— Novidade sobre os túneis? — alarmou-se Cacá.

Rita secou-o com uma olhada fulminante e ele recuperou-se a tempo de conter uma bobagem.

— Tudo bem, vamos lá — concordou ela.

Assim que entraram no quarto, Pedro comandou:

— Entrem e fiquem à vontade.

Na verdade, porém, além das duas camas, havia a cadeira de balanço e uma cadeira desconfortável junto à mesa. Difícil ficar à vontade naquele espaço. Cacá se encostara à cabeceira da própria cama e as irmãs usaram a outra como assento. Só restou ao líder do grupo recostar-se na frágil mesinha.

Pedro pretendia iniciar a conversa, quando ouviram o estribilho famoso. Rita levantou-se num salto e, de repente, toda contrariedade desapareceu do seu rosto.

— É ele! É o Manuel Maria!

Correram os quatro para o banheiro e ficaram muito surpresos com a recepção festiva do fantasma:

— Meus amigos, hoje é o dia mais feliz da minha vida... Quer dizer: o dia mais feliz da minha vida de fantasma... Vocês não imaginam como estou contente de vê-los...

— Nossa, o que será que deu no Manuel Maria? — estranhou Milena.

— Ah, Rita, eu sabia que você podia! Eu sabia!

— Sabia o quê? Podia o quê? Do que você tá falando, Manuel Maria?

Ouviram nitidamente um barulho nas argolas que prendiam a cortina ao cilindro de madeira, como se algo passasse em velocidade de um lado para o outro. Rita acompanhou o movimento com os olhos muito abertos e ouviu:

— Você descobriu, Rita. Sua dedução foi perfeita.

— Rita, o que é que você descobriu? — intrometeu-se a irmã, morta de curiosidade.

— Não sei do que ele tá falando.

— Só pode ser do tesouro!

Rita dirigia, agora, sua contrariedade para o alto da cortina, onde devia estar o fantasma falastrão. Imaginando que ela aguardava alguma manifestação do alto, Cacá tentou:

— Rita, ele disse que sua dedução tá certa... O galo de metal, lembra? Só pode ser isso.

— Você acertou em cheio, Rita — tornou o fantasma, batendo palmas de contentamento. — Você sabe que a canastra está escondida no lugar onde o caminho do sol se encontra com o caminho da chuva, você sabe.

— Você matou a charada, Rita? — entusiasmou-se Pedro. — É isso que o Manuel Maria tá dizendo?

— Eu não sei de nada — rebelou-se a garota. — Acho que identifiquei a casa do sol e a casa da chuva, mas não sei onde é que os túneis se encontram.

— O professor sabe! — revelou o fantasma. — Ele vai contribuir com o empurrãozinho que está faltando.

— Rita, o professor sabe. A gente precisa chegar antes — preocupou-se Cacá.

No meio daquele pandemônio, Pedro e Milena eram os mais confusos. Somente depois de ouvirem um lado e outro, entenderam e endossaram a declaração do fantasma:

— É verdade, Rita, o professor sabe. Era sobre isso que a gente ia falar...

— O professor achava que existia um único túnel e que o túnel tinha sido obstruído pelo italiano pra evitar o acesso dele. Depois da nossa descoberta lá no casarão, ele concluiu que os túneis são dois e que eles se encontram numa terceira casa — explicou Milena.

— Nesse lugar, vamos encontrar o responsável por todo o malfeito — falou Pedro.

— E tem o tesouro! — vibrou Cacá.

Rita continuava olhando para cima. Quando fizeram silêncio, ela falou:

— Antes você não podia falar nada, agora fala até demais! O que é que aconteceu, hein?

— Aconteceu que vocês chegaram às conclusões corretas, graças aos seus próprios esforços. Você e o Cacá deduziram que a canastra está no lugar onde os túneis se encontram...

— E o professor deduziu, com auxílio das nossas informações, onde fica esse lugar — completou Pedro.

— Não vejo a hora de botar a mão no tesouro — desabafou Cacá, sentindo-se dono de tudo. — A parte maior é minha e da Rita!

— Por enquanto só o professor sabe a localização — lembrou Pedro.

Assim que conseguiu um pouco de silêncio, Rita dirigiu-se ao fantasma:

— Vamos supor que o lugar seja uma casa... Como saberemos onde tá escondido o tesouro?

— Não vai haver problema. Ele está numa canastra de couro, a única canastra que existe no lugar. Não têm como errar.

— E o tesouro? Nós podemos ficar com ele?

A resposta foi um silêncio prolongado. Como Rita visse o fantasma de cabeça baixa, insistiu:

— Manuel Maria, perguntei se podemos ficar com o tesouro... se podemos repartir...

— No nosso primeiro encontro, eu avisei que o descanso da minha alma dependia da localização dessa canastra...

A voz do fantasma havia mudado. A alegria inicial desaparecera por completo.

— Quer dizer que não podemos ficar com o tesouro? — interrogou Milena, elevando um tanto a voz.

— O conteúdo da canastra por direito me pertence. Trata-se de algo que eu queria muito e que me foi tomado quando atiraram meu corpo ao mar. Portanto, se quiserem me ajudar, o tesouro também deverá ser atirado ao mar, num ponto qualquer fora da baía. Assim, ainda que simbolicamente, o que é meu se juntará a mim. Vocês não imaginam o que essa separação tem me custado... Mas eu não posso obrigá-los a nada...

— Essa não! Depois de tanto sufoco a gente vai ter de abrir mão do tesouro?! — reclamou Cacá indiferente à sorte do fantasma.

Após um novo intervalo, o fantasma retornou. Porém, ao contrário do início festivo, ele havia incorporado o modelo do antigo fantasma choramingão.

— Eu sempre imaginei, chuif... que o maior tesouro para vocês, chuif... fosse permitir meu descanso, chuif... Agora estou vendo, estou desconfiando, chuif... que me enganei, chuif, chuif...

29 *Um caso de polícia*

Como o professor houvesse marcado o encontro para a esquina do sobrado rosa, não precisaram caminhar mais do que os quatro quarteirões costumeiros. A uma quadra do local, reconheceram a figura miúda do professor Quintino que, impaciente, foi ao encontro deles. Mal cumprimentando os quatro, ele indicou o caminho:

— Olá... Vamos por aqui...

Atravessou a rua e guiou o grupo em direção à sombra dos prédios, na calçada. Do outro lado da avenida, ficava o cais, de onde soprava uma brisa gostosa. Em breve, varavam a praça, com suas árvores frondosas. Só indo parar diante da matriz velha, com suas paredes musguentas.

— É aqui, professor? — perguntou Milena, incrédula.

— Aqui mesmo. Só não os chamei antes porque precisava fazer umas verificações...

— Então vamos. O que estamos esperando? — convidou a pequena Rita.

— É só mais um minutinho. O último convidado

deve estar a caminho — respondeu o homem, conferindo a hora no relógio de pulso.

Os jovens se entreolhavam inquietos, sem querer acreditar que haviam decifrado a charada. Queriam ver logo se a ideia sobre os túneis se comprovava e, principalmente, não viam a hora de abrir a arca e verificar seu conteúdo.

— Desculpe, professor... por acaso, a pessoa esperada é o doutor Tomaso? — indagou Pedro, inseguro.

— Não, Pedro. Até pensei em chamá-lo, mas achei melhor confirmar primeiro nossa teoria. Afinal, existe ainda uma pequena possibilidade de termos nos enganado... Ah, lá vem o nosso convidado...

O garoto acertou a posição dos óculos, inutilmente. Não conhecia o homem de roupa escura que descia da caminhonete, a pouco mais de vinte metros de distância.

— Além de meu amigo, o doutor Vieira é um delegado especial. Como não sabemos o que vamos encontrar pela frente, achei melhor prevenir...

— Estou à disposição — avisou o recém-chegado, cumprimentando a todos. — Diga uma coisa, Quintino... Esses garotos são os colaboradores que você mencionou?

— São eles mesmos, Vieira. Não se engane, não, porque apesar de jovens são muito espertos. Sem a ajuda deles, eu não teria chegado até aqui.

— Tudo bem. Vamos em frente.

Quando entraram pela porta principal da matriz velha, o delegado perguntou:

— E o homem?

— Saiu há cerca de uma hora e não deve voltar antes das seis. Temos, portanto, quase duas horas.

— E a entrada a que se referiu?

— Fica atrás do altar principal. O alçapão está coberto por um oleado de madeira que poucas pessoas sabem da sua existência.

— Ele desconfia de alguma coisa?

— Acho que não.

Assim que o delegado interrompeu o interrogatório, Rita se manifestou. Ela ouvira tudo e agora queria confirmação:

— Professor, o senhor tava falando da entrada do túnel?

O homem respondeu com um gesto dúbio, depois disse ao delegado:

— O alçapão abre para o velho porão da igreja. Se os túneis vierem ter aqui, como imagino, as saídas só podem estar aí embaixo.

Enquanto os adultos se dirigiam para trás do altar, os garotos recolheram os tocos de vela que encontraram. Os homens levantaram a peça de oleado e viram uma espécie de tampa quadrada com uma alça de ferro. Só podia ser a tampa do alçapão. Os dois pegaram na alça e puxaram a peça, que se deslocou.

— A tampa se deslocou com facilidade... Isso significa que o caminho vem sendo usado...

O professor, que observava o quadrado escuro recém-aberto, comentou:

— Essa escada de madeira também não tem nada de centenária...

— Vamos — intimou Rita.

— Um momento. Deixem que eu vou na frente.

O delegado desceu, seguido de perto por Pedro, Milena, Rita, Cacá e o professor. Acenderam os tocos de vela e perceberam que, apesar da umidade, o porão havia sido usado recentemente. Vassoura, rodo, balde plástico, escovas e material de limpeza haviam sido reunidos bem aos pés da escada.

Como a área fosse vasta, o grupo se dispersou. Cada um procurava num canto, quando foram surpreendidos pelos gritos de Cacá.

— Ai, ai, me ajudem... Ai, é um túmulo... Socorro!

O garoto tropeçara na laje de um túmulo que se encontrava parcialmente destruído. Com o susto, saíra pulando e tropeçara em outra sepultura.

— São lajes com nomes... Isto é... é... é um cemitério! — identificou Milena, com um calafrio.

— Muito natural — comentou o professor, rindo do susto dos jovens. — Antigamente, era costume sepultar os religiosos e as pessoas importantes nos subterrâneos das igrejas.

Enquanto o professor Quintino falava, Rita pegou o toco de vassoura e começou a varrer a sujeira de cima das lajes. Porém não demorou muito na atividade. Aquelas lápides deviam estar ali havia tanto tempo, que os nomes e datas corroídos pela umidade mostravam-se ilegíveis. Já se preparavam para deixar os túmulos de lado quando ouviram a voz de Pedro:

— Pessoal, eu descobri um túnel!

Correram todos ao mesmo tempo para o local. E após um breve exame, o professor concluiu:

— Não há dúvida de que a técnica de construção é a mesma do túnel do meu quintal.

— O túnel do doutor Tomaso também é igual —

testemunhou Pedro, ao lado. — O estranho é que parece haver só uma boca e pela sua teoria deveriam ser duas...

— Talvez esse túnel tenha uma bifurcação mais adiante...

— É verdade, Milena. Como é que eu não pensei nisso?!

Na entrada do túnel, o professor tomou a dianteira, os jovens formaram o corpo e o delegado seguiu na retaguarda. No caminho encontraram tocheiros com buchas de estopa que, depois de acesos, permitiam uma excelente iluminação. Nem precisaram andar muito. Percorridos poucos metros, foram dar numa câmara, contendo alguns móveis e vários caixotes. E o mais importante: dois túneis desembocavam ali!

— O que será isso? Um depósito?

— É um depósito, com certeza. Precisamos descobrir do quê — disse o professor.

Enquanto o professor falava, o delegado passou a mão num pé de cabra que estava atirado ao chão e levantou a tampa de um dos caixotes. No interior, havia uma proteção de tecido e muito jornal velho. Deitaram o caixote no chão e tiraram tudo.

— É um santo! — exclamou Cacá, decepcionado.

— Olha que beleza, professor! — emocionou-se Pedro.

— É um São José que desapareceu há cerca de três anos aqui mesmo, da matriz velha. Seguramente, esses caixotes contêm outras peças roubadas na região... O que sobrou, pelo menos, porque a maioria deve ter sido vendida.

— Não há problema, ele vai nos levar aos compradores — garantiu o delegado.

Abriram outro caixote e encontraram uma imagem de Nossa Senhora da Conceição, de origem portuguesa. O professor examinou o trabalho e concluiu:

— Esta santa não é daqui. Isso significa que, além de

roubar as peças sob sua guarda, ele funciona como intermediário de outros ladrões.

— O responsável por tudo isso é o seu Evangelista? — desfiou Rita.

— É ele, Rita, só ele tem a chave da igreja. Jamais podia imaginar. Se não fosse pela charada e pelos túneis, ele talvez nunca tivesse sido descoberto...

Após a comoção pela descoberta daquele tesouro, os jovens organizaram uma expedição e confirmaram: os dois túneis que se abriam no fundo da câmara levavam respectivamente à casa do professor e ao casarão do doutor Tomaso.

— Agora, fica bem clara a intenção do seu Evangelista. Ele fechou as passagens para que ninguém usasse os túneis e encontrasse seu tesouro de peças roubadas.

— Ninguém nunca suspeitou dele? — indagou Pedro. — Afinal, ele era o zelador da matriz velha. Os santos estavam sob sua guarda...

O professor abriu os braços, como se não soubesse o que dizer, porém explicou:

— O Evangelista é um homem de hábitos simples. Não imagino onde vá gastar seu dinheiro. Por outro lado ele não tem cultura nem preparo para esse tipo de comércio. É isso que me deixa curioso. Dá a impressão de que tem a mão de alguém por trás...

— Nossa! Será que ele tem um chefe? — interrogou Milena, alarmada, como se o tal pudesse estar ali no meio deles.

— Talvez — tornou o professor.

— Professor Quintino, na época que a igreja foi saqueada, a polícia não investigou... não viu o alçapão, os subterrâneos?

O professor abanou a cabeça e falou:

— Ninguém pensou nem em procurar porque a

porta lateral da igreja mostrava sinais de arrombamento... na verdade, ela amanheceu aberta... Está evidente, agora, que foi um truque para desviar a atenção da polícia...

O delegado que ouvia tudo em silêncio também balançou a cabeça em sinal de concordância. E acrescentou:

— Não há dúvida, Quintino... Com esse subterfúgio, ele, ou quem teve a ideia, botou a polícia na pista errada... Mas estou interessado nessa sua ideia... Você não acredita que o homem tenha competência para o que fez?...

— Pois é, Vieira, algo me diz que o Evangelista não tem iniciativa nem inteligência para tanto...

— De qualquer modo, não tem problema — devolveu o policial. — Se tiver mais alguém no rolo, ele vai contar.

Ao final, conhecido o conteúdo dos caixotes, o professor arriscou um palpite:

— Será que o fantasma sabia disso tudo? Aqui existe realmente um tesouro incalculável...

Rita, que estava atenta, rebateu:

— O Manuel Maria foi muito claro... Ele disse que seu tesouro está numa canastra de couro. A única que existe no local.

— Não vi nenhuma canastra — reagiu o professor, olhando em volta. — Alguém viu?

Todos acenaram em negativa, mas a garota teimou:

— Sei que a canastra existe. E nós vamos encontrá-la.

30 *Uma revelação inesperada*

Os jovens, que haviam se dividido em grupos e tinham vasculhado cada canto dos subterrâneos, não escondiam a decepção. Ali, de fato, não havia nenhum tesouro. Os maiores já começavam a desconfiar que a dedução do professor fora correta, mas que Rita falhara na localização da canastra.

— Você está certa, Rita — apoiou o professor, contra o descrédito geral. — A charada diz que o tesouro foi escondido no lugar onde o caminho do sol se encontra com o caminho da chuva. Não existe outro lugar em Parati que corresponda a essa indicação.

Diante do argumento do professor, Pedro levantou uma nova possibilidade:

— É cedo ainda fecharmos questão. O tesouro pode estar lá em cima.

— É isso mesmo — aprovou Milena. — E antes que a gente encontre, seria melhor a Rita falar com o professor sobre a condição do fantasma.

— Esse é um assunto meio chato... Você não quer falar não, Pedro? — pediu a garota.

— Nós vamos fazer o que o Manuel Maria pediu?

— Vamos.

Pedro comunicou ao professor Quintino a condição proposta pelo fantasma. Este passou o comunicado ao doutor Vieira. E o delegado reuniu o grupo para analisar a questão.

— A história que o professor me contou é muito estranha. Se eu entendi bem, um fantasma chamado Manuel Maria, que em vida foi um marinheiro português, pediu para vocês encontrarem uma arca contendo um tesouro, certo? E depois de encontrado, o tesouro deve ser atirado ao mar. É isso?

— É — confirmou Pedro.

— E vocês pretendem atender à condição do fantasma e atirar tudo no mar... mesmo que seja um monte de riquezas, joias, brilhantes?

— É o preço pela paz dele — interveio Rita. — Ele ficou vagando quase cem anos porque lhe tiraram o seu bem mais precioso, quando ele morreu e lançaram seu corpo ao mar...

— Sinceramente, eu não acredito em fantasmas. Nem vejo o que um fantasma pode fazer com esse tipo de riqueza do lado de lá...

O policial aguardou por alguma reação, porém todos se mantiveram calados. Diante do completo silêncio, ele sentiu-se na contingência de continuar:

— De qualquer maneira, não vai ser fácil, meus amigos. Se a tal canastra existir e contiver peças roubadas, como aquelas do subterrâneo, terão que ser restituídas aos legítimos proprietários... Se o conteúdo não foi roubado, mas se enquadrar no que a lei prevê como patrimônio artístico e cultural, pertencerá à União...

— O senhor quer dizer que não poderemos satisfazer a vontade do Manuel Maria? — interveio Rita, sentida.

— Eu disse que vai ser difícil, mas talvez esteja sendo precipitado... Por enquanto, não temos tesouro algum.

Após a conversa, passaram a procurar na parte térrea da igreja. Também lá não encontraram nada. A derradeira esperança residia na antiga sacristia, que se encontrava fechada a chave e não pôde ser vistoriada. Quando se preparavam para estourar a fechadura, o zelador chegou.

— O que está acontecendo aqui? Professor, o senhor...

O delegado tomou-lhe a frente, interrompendo-o:

— Senhor João Evangelista?

— Sim... Quem... Quem é o senhor?

— O senhor considere-se preso por furto, receptação e comércio de obras roubadas... Inclusive obras de arte da matriz velha, que se encontravam sob sua guarda.

— O senhor deve estar louco. Professor Quintino, quem é esse sujeito?

— Poupe seu fôlego, Evangelista... Nós já percorremos todo o subterrâneo e vimos as peças...

Ao ouvir essas palavras, o zelador fez um gesto de desânimo. Se não sentasse na velha cadeira de assento roído, teria desabado sob o próprio peso, tamanho o impacto que o comunicado lhe causara. O policial, entretanto, não lhe deu muito tempo.

— Seu Evangelista, sabemos que o senhor não está sozinho nesse negócio... Queremos o nome do seu sócio.

O homem permaneceu por algum tempo com os olhos fixos no assoalho, a cabeça presa entre as duas mãos, os cotovelos apoiados nos joelhos. Ao levantar a cabeça, declarou, revoltado:

— Eu não queria... eu sabia que não ia dar certo... Mas Tota me ameaçou...

— Tota?

— O nome dele é Antônio Carlos Pereira... Era secretário do doutor Tomaso...

Enquanto os jovens permaneciam de boca aberta, o professor consertou a posição da sua e perguntou:

— Quer dizer que o Tota ainda está por aqui?

— Não. Ele está morando no Rio... Só vem quando precisa de alguma coisa... Ele vem sempre à noite e evita ser visto na cidade — explicou o zelador.

— Você tem o endereço dele? — interrogou o policial.

— Só o telefone.

31 *A canastra de couro*

— Quem poderia imaginar que a gente ia ajudar a resolver o mistério do sumiço do Tota, hein?

— Foi meio sem querer, né, Milena? E o mistério principal continua. Ainda não sabemos onde está a canastra do fantasma — lembrou Rita, que não pensava em outra coisa.

— Se está aqui na igreja, talvez seu Evangelista saiba onde...

Rita encarou Pedro e seus olhos brilharam. Em seguida, dirigiu-se ao zelador:

— Seu Evangelista, talvez o senhor possa ajudar... Nós estamos procurando uma canastra de couro antiga...

O homem encarou Rita por um instante:

— Uma canastra de couro? Pra que vocês querem essa canastra?

— Você sabe onde ela está? — interrogou o delegado.

— A única que conheço está aí dentro... Não consigo imaginar pra que vocês a querem...

— Abra a porta — pediu o policial.

O zelador tirou o molho de chaves do bolso, abriu e entrou, seguido pelos demais. Na parede do fundo, havia um armário alto com imensos gavetões. À direita, sobre uma mesa de madeira, amontoavam-se paramentos de missa sujos e rasgados. À esquerda, uma prateleira de madeira improvisada subia do chão até o teto. A frente era fechada por uma cortina de plástico. Ele levantou o plástico e mostrou, no chão, sob o primeiro degrau, uma arca de couro deformada pelo tempo.

— Essa é a única canastra que existe na igreja?

— Eu nunca vi outra.

— É essa mesma. Sei que é — afirmou Rita, emocionada.

— Esperem um pouco... Vocês... vocês acham que essa é a canastra do fantasma? A canastra do tesouro? — interrogou seu Evangelista.

— É ela mesma — reafirmou Rita.

O zelador puxou a peça de debaixo da estante e abriu caminho para os demais.

— Quem vai abrir? — perguntou Milena, ansiosa.

— Abra você, Rita — instigou Pedro. — Foi você quem descobriu.

— Ai, estou tão emocionada...

— Vai logo, Rita! — pediu Cacá, agoniado.

— Quer que eu ajude? — ofereceu-se o professor, rindo.

A garota conferiu à sua volta, fechou os olhos e então levantou a tampa. À primeira vista, o conteúdo não despertou nenhum entusiasmo.

— Um par de botinas velhas... — disse Milena.

Ao contrário deles, porém, Rita desatou a rir. Riu e riu tanto que precisou ser amparada pelo professor.

— Que brincadeira é essa? — perguntou Milena. — O que o senhor fez com o tesouro do fantasma?

O zelador, assustado, respondeu:

— Vejo essa canastra aí, no armário, desde que eu era criança e o padre ainda oficiava missa. O conteúdo sempre foi esse. Ninguém mexeu, não.

Rita continuava rindo, e parecia à beira de um ataque. Cacá procurou consolá-la:

— Não se preocupe, não, Rita. O delegado vai obrigar seu Evangelista a devolver o tesouro, não vai, seu Vieira?

A garota ignorou suas palavras, dominando um pouco o riso, voltou-se para os demais, que permaneciam apalermados:

— Será que vocês ainda não entenderam?

— Não entendemos o quê, Rita? — retrucou Milena.

— O tesouro do Manuel Maria é esse par de botinas.

Enquanto Cacá se afastava, coçando a orelha, Rita retirou o conteúdo da arca e confirmou o que havia dito:

— Esse par de botinas velhas, quase decompostas, que nada valem para nós, era o que o marinheiro Manuel Maria tinha de mais precioso e que lhe tiraram...

Seu Evangelista ouviu a garota e acrescentou:

— De acordo com a tradição, esse par de botinas foi presenteado a um dos antigos religiosos desta matriz... Por coincidência, dizem que ele nunca conseguiu usá-las porque lhe doíam terrivelmente nos pés...

— Era o Manuel Maria que não queria que ele usasse as suas botas — propôs Rita.

— E o par de botinas ficou guardado na igreja esse tempo todo? — estranhou Pedro. — Ninguém pensou em jogar fora?

— Não. Na verdade é um hábito guardar os pertences dos antigos padres. Nesses armários, há roupas com mais de cem anos...

— Sem falar que de alguma maneira o Manuel Maria devia estar vigiando seu tesouro... — concluiu Rita.

32 *Botando tudo em pratos limpos*

Na sexta-feira, dois dias antes da volta a São Paulo, aconteceu a reunião de confraternização no Arrastão. Desta vez, estavam presentes os quatros jovens, seus pais, o professor Quintino, o doutor Tomaso, além, naturalmente, do garçom.

Etevaldo acabara de servir a mesa e comentou, olhando para os antigos desafetos:

— Se alguém me dissesse, uma semana atrás, que o doutor Tomaso e o professor Quintino estariam aqui, hoje, tomando cerveja juntos, eu ia dizer que o cara tava louco!

— Bondade sua, Etevaldo, nós não somos tão maus assim — comentou o professor, rindo, de olho no doutor.

— Nós tínhamos diferenças, mas somos pessoas inteligentes — retribuiu o doutor Tomaso. — E pessoas inteligentes acabam se entendendo.

— Ainda bem, doutor Tomaso — interveio dona Clarice. — Eu fico até um pouco orgulhosa, porque, de certa forma, minhas filhas e os garotos contribuíram para que isso acontecesse.

— Contribuíram e muito! O professor que o diga... Desde que esses garotos chegaram a Parati, a cidade começou a mudar, felizmente, para melhor.

A reunião estava divertida, a música era alegre, todos riam à toa, sobretudo os pais das garotas, que haviam tirado um peso enorme dos ombros. Embora procurassem não demonstrar, a verdade é que eles haviam sofrido muito, sem saber direito como enfrentar a situação. O pai, que provavelmente ainda pensava no assunto, comentou:

— Ainda bem que tudo passou. Quando o professor esteve lá na pousada e nos contou o que estava acontecendo, a Clarice e eu sentimos que nos faltava o chão. Criamos nossas filhas sempre com a maior liberdade, como é que iríamos prendê-las justamente agora, depois de crescidas?

— É verdade — concordou dona Clarice. — Nós nos sentimos inseguros, para dizer pouco. Para completar, recebemos aquele bilhete anônimo... Depois, houve o atentado com o barco... o braço quebrado de Cacá...

— Ah, por falar nisso, tem uma coisa que eu não entendi até agora... — interrompeu o garçom.

Como ele fizesse suspense, o professor cobrou:

— Do que você está falando, Etevaldo?

— Pelo que eu sei, o Evangelista confessou, lá na delegacia, que naquela manhã do barco o Tota esteve na cidade e aproveitou pra dar um susto na garotada... Ele disse que o Tota ficou com medo que eles descobrissem alguma coisa...

— Como de fato descobriram — frisou o doutor.

— Mas ele jurou que não tinha nada a ver com o bilhete anônimo. Nem ele, nem o Tota — completou o garçom.

De repente, ficaram todos em silêncio. Etevaldo aguardava, parado, de pé, com a bandeja na mão. Rita então olhou em volta e confidenciou:

— Também solucionamos esse mistério... Hoje cedo ouvimos a confissão da boca do próprio autor...

— Quem mandou o bilhete? — indagou a mãe, curiosa. — Não me digam que tem mais gente metida com o Tota e o Evangelista!

Cada um procurava à sua volta, tentando identificar o possível autor. A resposta veio de onde não esperavam.

— Fui eu que mandei o bilhete.

— Doutor Tomaso? — estranhou o pai das garotas.

No rosto de cada um estava estampada a mesma surpresa. O doutor, então, explicou:

— Quando esses garotos apareceram lá na minha casa pela primeira vez, levei na brincadeira, porque imaginei que no dia seguinte estariam na praia e teriam esquecido o tesouro e o fantasma...

— Foi o que eu também pensei — juntou o professor.

— Porém, quando soube que eles tinham estado no meu quintal, de noite, sem meu consentimento, comecei a ficar preocupado. Quem sabe o que poderia acontecer se eles decidissem invadir a casa errada?

— É mesmo, eles se arriscaram muito — concordou Etevaldo. — Alguém podia pensar que fosse um ladrão e mandar bala.

— Felizmente, o prejuízo ficou por conta do braço quebrado de Cacá — interveio dona Clarice.

O italiano ameaçou rir e contou:

— Quando o Ismael abriu a porta da cozinha e saiu para o quintal, percebeu logo o movimento em cima do muro... Ele então ameaçou atirar, mas apontou o que tinha na mão... uma vassoura velha... Foi isso que derrubou o Cacá do muro...

Todos riram, menos o garoto que se tornara o centro das atenções. Desgostoso com o rumo da história, ele reclamou:

— Não achei graça nenhuma.

Com o toque de humor do italiano, já haviam até se esquecido da questão principal, mas seu Luís Otávio cobrou:

— O doutor Tomaso começou a falar do bilhete e não terminou... Ou será que eu não entendi?

— Entendeu, sim — tornou o doutor. — Bem, eu fiquei preocupado com o destino desses jovens. E como sabia que seria inútil tentar dissuadi-los do objetivo...

— Mandou a carta anônima para os pais, imaginando que eles poriam um paradeiro nas investigações dos garotos.

— Exato, professor. Só que, feliz ou infelizmente, esses jovens não pararam. Eles são terríveis! Às vezes, eu parava para pensar e não conseguia imaginar que vontade era essa que os movia, que lhes dava tanta determinação...

A mãe riu, descontraída, e arriscou:

— As crianças são incansáveis, doutor... O senhor não imagina o que sofremos para fazê-las parar um pouco.

— É verdade. Se tivessem mais idade, provavelmente pensariam nos riscos e se comportariam de outro modo.

Enquanto isso, Pedro e Milena mantinham-se praticamente à parte. Debaixo da mesa, escondiam as mãos unidas. Desde a solução da charada, eles haviam se convertido em verdadeiros turistas em férias. Rita e Cacá, no entanto, continuavam tão excitados como antes. Assim que houve uma brecha, Rita se manifestou:

— Não entendi muito bem como foi que o professor Quintino descobriu a localização correta... Como o senhor podia saber que a matriz velha era o ponto de encontro dos túneis?

— Eu não sabia, Rita, eu tinha um palpite. O que me ajudou, além das informações que vocês me passaram, foi a minha experiência como professor de história... A existência de túneis nos subterrâneos de cidades antigas não é tão rara. Sei de casos em Minas, na Bahia, no Maranhão... E quase sempre a igreja é parte integrante dessa rede...

— Bem pensado! Também na Europa acontece isso — apoiou o doutor Tomaso.

— Pois bem, observando a planta da cidade, percebi que dois túneis que partissem da minha casa e da casa do doutor Tomaso formariam um ângulo reto quase perfeito na matriz velha. A partir daí foi só confirmar na prática...

Estavam todos interessados na explicação, porém Cacá já entendera o final e passava para outra questão:

— E o seu Evangelista... ele vai pra cadeia?

— Após a prisão do Tota, os dois serão conduzidos até o Rio de Janeiro e São Paulo, pra identificar os compradores das obras roubadas. Depois, responderão a processo — explicou o italiano.

Assim que o doutor Tomaso terminou a explicação, Cacá, com o costumeiro rosto vermelho e suado, interrogou sobre o que lhe parecia o maior de todos os mistérios:

— E o vaso que caiu na minha cabeça? Isso não ficou resolvido ainda. Foi o seu Evangelista?

— O vaso não caiu na sua cabeça — refutou Milena, afastando-se por um instante do namorado. — Se tivesse caído na sua cabeça, você não estaria aqui agora fazendo essa pergunta.

— É... esse vaso vai ficar por conta do mistério... O

Vieira está convencido de que não teve nada a ver com o Tota ou o Evangelista — informou o professor.

— Tá na cara que foi um gato! — opinou Rita.

Cacá não ficou muito satisfeito, mas seu caso foi trocado, assim mesmo, por outro de maior interesse.

— E o fantasma, hein, professor? — lembrou a mãe das meninas, com um sorriso amarelo. — Pra mim, essa é a parte mais intrigante da história. Já disse pra Rita e pra Milena que não acredito de jeito nenhum.

— Há muita coisa que a razão explica, dona Clarice... — lembrou-lhe o doutor.

A mulher ouviu, porém seu semblante dizia que sua descrença permanecia inabalável. Etevaldo, que abandonara a bandeja na mesa vizinha e puxara uma cadeira, tomou a palavra:

— A minha mãe nunca viu o fantasma, mas acredita. Ela sempre diz que se uma pessoa se apega muito a alguma coisa aqui na terra o espírito não descansa. O sujeito vira fantasma ou alma penada. E o espírito só se liberta com muita oração ou se alguém lhe entregar o objeto da sua cobiça. Acho que foi isso que aconteceu com o tal de Manuel Maria...

— Eu também já ouvi falar nisso — apoiou o professor.

— O senhor acredita nisso, professor Quintino?

Não muito seguro, o professor respondeu com um trejeito que não dizia muita coisa. Em seguida, acrescentou:

— Já ouvi mais de uma pessoa dizer que se alguém enterrar dinheiro ou deixar algo de valor escondido sua alma não descansa. O fantasma fica assombrando as pessoas até que alguém consiga descobrir o tesouro. Só aí o espírito tem descanso...

— Isso está parecendo folclore... Com todo respeito...

— E o folclore não é a sabedoria do povo, não, dona Clarice?

Ela ficou sem saber o que dizer. Enquanto tentava assimilar a lição, o doutor recitou:

— É como diz o poeta. "Há mais coisas entre o céu e a terra do que supõe a nossa vã filosofia", dona Clarice.

Em vista do bombardeio dos dois lados, a mulher desistiu:

— Tudo bem. Prometo que vou pensar melhor no assunto... — E, em seguida, percebendo o ar sério da filha, indagou: — Ele não apareceu mais?

— Não, ele sumiu. Desde que atiramos suas botinas no mar.

— Ora, deve ser o sinal de que ele conseguiu o esperado descanso — tentou o pai.

— Acho que sim.

Nesse momento da conversa, Rita levantou-se da mesa e dirigiu-se para a porta de saída. Como de costume, seu fiel escudeiro foi atrás.

— Onde você vai, Rita?

— Não sei. De repente, deu vontade de ver o Manuel Maria...

— O único lugar onde ele pode aparecer é o banheiro do apartamento...

— Ora, Cacá, o que é que você sabe do Manuel Maria? Você sempre morreu de medo dele!

— Nunca simpatizei muito com o tipo, é verdade, mas sei que ele nunca apareceu em outro lugar que não fosse o banheiro do apartamento.

Cacá tinha razão, claro que tinha. Rita só discordava porque se habituara a discordar de tudo o que ele dizia. Antes de dar-lhe razão, ela já estava a caminho da pousada.

33 *A despedida*

Na portaria, pegaram a chave e foram para o apartamento. E então tiveram uma surpresa, uma agradável surpresa. Aparentemente eram aguardados, pois assim que puseram os pés no quarto ouviram o estribilho tão conhecido.

... sea, sea, sea
... in the bottom of the sea.
... sea, sea, sea
in the bottom of the sea.

— Ele voltou, Cacá!

Ao entrar no banheiro, Rita localizou o fantasma na pose de sempre, no alto da cortina. A garota colocou as mãos na cintura e, afetando seriedade, quis saber:

— Até que enfim! Manuel Maria, onde é que você tem andado, hein?

— Ah, Rita... Graças a você e aos amigos, resgatei minha dívida... Não sou mais fantasma. Minha alma, enfim, encontrou descanso... Na verdade, eu nem podia estar aqui. Só consegui permissão porque precisava agradecer e me despedir de vez...

— Poxa, Manuel Maria... Agora que a gente tava se acostumando com você....

— Você preferia que eu continuasse vagando sem pouso e sem descanso? Você nem imagina o alívio que me causou... Eu lhe sou muito grato, Rita... A você, à Milena, ao Cacá e ao Pedro...

— Eu tava brincando... É verdade que sentimos um pouquinho de saudade, mas sei que você é um amigo do outro mundo.

Manuel Maria riu muito.

— Você é muito engraçada, Rita. Imagine, um amigo do outro mundo... Háháháhá...

— E você não imagina como eu fico feliz por te ver rindo desse jeito...

— Eu sei, Rita. Você se fazia de durona, mas era o coração mais mole da turma. Foi por isso que escolhi você para minha porta-voz.

Manuel Maria ficou sério.

— Agora preciso ir.

— Você não vai voltar mais? Nunca mais? Nunca, nunca?

— Nunca, nunca. Você sabe por quê.

— Você é do outro mundo.

Rita baixou a cabeça e ficou olhando para os próprios pés.

— No lado de lá, você pode pensar na gente?

— Vou pensar sempre em vocês.

A garota levantou a cabeça e riu, feliz com a promessa. Então revelou:

— Sabe, Manuel Maria... Por um instante, pensei que a canastra não fosse aquela... Que a gente não tivesse descoberto seu tesouro... — ela riu ao pronunciar essa palavra.

Ele garantiu:

— Vocês encontraram, sim. Era aquele mesmo.

— Um par de botinas velhas...

— Cada um tem o tesouro que pode. Agora, preciso ir... Adeus, Rita... Adeus, Cacá...

— Adeus, Manuel Maria.

Manuel Maria retirou-se então de forma inesperada.

De saída, correu de uma ponta a outra o suporte, fechando a cortina do banheiro. O fantasma saía de cena. Daí por diante, ficava apenas a memória de um finado marinheiro português.

Você também vai gostar de ler

- *A guerra do lanche*, de Lourenço Cazarré
- *A noite dos quatro Furacões*, de Raul Drewnick
- *A primeira reportagem*, de Sylvio Pereira
- *Confusões & calafrios*, de Silvia Cintra Franco
- *Corrida infernal*, de Marcos Rey
- *Morte no colégio*, de Luis Eduardo Matta
- *Na mira do vampiro*, de Lopes dos Santos
- *O escaravelho do diabo*, de Lúcia Machado de Almeida
- *O jogo do Camaleão*, de Marçal Aquino
- *O mistério da cidade-fantasma*, de Marçal Aquino
- *O primeiro amor e outros perigos*, de Marçal Aquino
- *O robô que virou gente*, de Ivan Jaf
- *O Supertênis*, de Ivan Jaf
- *Os barcos de papel*, de José Maviael Monteiro
- *Quem manda já morreu*, de Marcos Rey